danger.com

@3//La peur aux trousses/

danger.com

@3//La peur aux trousses

Jordan.Cray

Traduction: Valérie.Lesbros

Données de catalogage avant publication (Canada)

Cray, Jordan

    La peur aux trousses

    (Danger.com ; no 3)
    Traduction de: Hot Pursuit.
    Pour les jeunes de 10 à 14 ans.

    ISBN 2-7625-1271-9

    I. Lesbros, Valérie. II. Titre. III. Collection: Cray, Jordan. Danger.com ; no 3.

PZ23.C74Pe 1998   j813'.54   C98-941062-5

danger.com — @4// Hot Pursuit
Copyright © 1997 Jordan Cray
Publié par Aladdin Paperbacks

Version française
© Les éditions Héritage inc. 1999
Tous droits réservés

Illustration couverture © Copyright 1997 par Richard Waldrep
Conception graphique de la couverture: Michel Têtu
Mise en pages: Jean-Marc Gélineau

Dépôts légaux: 1er trimestre 1999
Bibliothèque nationale du Québec
Bibliothèque nationale du Canada

ISBN: 2-7625-1271-9   Imprimé au Canada

LES ÉDITIONS HÉRITAGE INC.
300, rue Arran, Saint-Lambert (Québec) J4R IK5
Téléphone: (514) 875-0327
Télécopieur: (450) 672-5448
Courriel: info@editionsheritage.com

Nous remercions le ministère du Patrimoine canadien pour son aide financière.

//Prologue

Courrier électronique codé, 27 avril

À : JereMi, CircleK, WannaB, NancE,
     Topcat33, Komodo5, Hypertex, SonoBoni,
     LuddMan, Dano50H, HiBob, Quark5
De : MestreFlorin
Objet : Caravane du millénaire
        Réunion — Ordre du jour

Avant la réunion (2 B @ secteur A / site 3), tous les membres de la Caravane doivent formuler leurs idées ou leurs stratégies concernant le recrutement afin d'être prêts pour la discussion. Discussion sur la liste des cibles possibles. Élaboration du plan des cibles idéales (voir ci-dessous).

Paramètres des cibles idéales :
  1. *jeunesse (moins de 35 ans, incubation culture informatique / média)*

2. *intelligence*
3. *accès à des mots de passe de réseaux informatiques (pirates, codeurs, personnel de sécurité, gestionnaires, etc.)*
4. *marginalité sociale (ex.: exclus)*

Procédure:
1. *observer emploi du temps (observer plusieurs semaines, si possible)*

2. *se montrer bienveillant (aborder en ami: remarque sur le temps / irritation commune [ligne téléphonique, lenteur du service des autobus, etc.])*

3. *rendre petit service ou faire faveur (soda, journal, payer l'addition, etc.)*

4. *gagner confiance*

5. *échanger idées (préceptes de la Corporation déguisés sous forme de questions / philosophie)*

6. *rechercher entente (pas de morale; utiliser questions, pas de jugements)*

7. *abattre défenses (mot clé est amour: flatterie, encouragement, louanges)*

8. *séparation de la famille / amis (compromettre relations / offrir solutions de rechange)*

9. *tendre hameçon (offrir pouvoir que seule la Corporation peut fournir)*

Souvenez-vous qu'il n'y a pas de limite de temps! Les directives mentionnées ci-dessus peuvent prendre des heures, des jours, des mois, suivant la vulnérabilité du sujet. Utilisez votre jugement.

La Caravane est suprême.

Le mot clé est amour.

L'élimination des ennemis est nécessaire pour le bien de tous.

Courrier électronique codé, 28 avril

À: JereMi, CircleK, WannaB, NancE, Topcat33, Komodo5, Hypertex, SonoBoni, LuddMan, Dano50H, HiBob, Quark5

De: MestreFlorin

Objet: Caravane du millénaire
        Compte rendu de la réunion

Points résolus à la réunion du 27 avril:
Nom cible idéale: RYAN CORRIGAN
Adresse Internet: Champion80
Contact de la Caravane: JéréMé
Support de la Caravane: Dano50H et HiBob
Membre de secours: Komodo5

TROUVER ET APPROCHER SUSPECT
GAGNER CONFIANCE
L'ÉCHEC N'EST PAS PERMIS

Un message électronique pour vous!

À :   Tous les cybergénies@cyberespace.com
De :   Champion80 (Ryan Corrigan)
Objet : Il était une fois un gigaoctet...

Savez-vous que des pirates informatiques ont été capables d'accéder au système du ministère de la Défense 162 500 fois en 250 000 tentatives en une année seulement?

Savez-vous que je suis l'un d'eux?

Traitez-moi de pirate, de mordu de l'informatique ou même d'imbécile. Je m'en moque. Demandez-moi pourquoi je me suis introduit dans le système et je vous expédie la réponse immédiatement:

Parce que j'en suis capable.

Les études secondaires, c'est juste bon pour les notes. J'ai réussi à me faire des ennemis de presque tous mes professeurs. Probablement parce que je leur ai laissé entrevoir que j'étais beaucoup plus intelligent qu'eux.

Le problème, c'est que j'ai déjà été admis au collège de mon choix et que je brûle d'impatience de quitter enfin ce trou de Nowheresville en Caroline du Nord, et de partir pour la Californie. Mais ma mère a décidé que je devais encore rester dans mon école pour cause « d'intégration sociale », comme le bal de fin d'année et toutes ces gamineries d'adolescents qui m'ennuient au plus haut point.

Alors, pour commencer, j'ai appelé le collège pour savoir si j'avais besoin de mon diplôme d'études secondaires pour entreprendre les cours. On m'a répondu que non. C'est là que j'ai commencé à faire mes plans.

Projet : me faire renvoyer de l'école.

C'était facile. J'ai accédé au système informatique de l'école et j'ai fermé le système électrique. Comme vous pouvez l'imaginer, ça n'a pas tellement plu au directeur. Mais le journal de la ville m'a appelé pour me demander une entrevue et je me suis dit pourquoi pas ? Le problème, je suppose, c'est que je me suis un peu trop vanté et que j'ai mentionné au journaliste que je m'étais également introduit dans le système du ministère de la Défense. Et comme si cela ne suffisait pas, je lui ai dévoilé mes projets d'avenir : je serai celui qui inventera finalement un dispositif de lutte contre le terrorisme permettant de déjouer toute tentative d'attaque contre le réseau électrique national.

Problème: le journaliste sans cervelle qui ne m'écoutait qu'à moitié (strictement du type non numérique) n'a rien compris. Il a écrit que j'avais déjà eu accès au réseau.

Bon, j'avais peut-être exagéré un tout petit peu. Mais j'essayais simplement de capter son attention!

Résultat: dès le lendemain, les hommes en costume frappaient à ma porte. Les problèmes ne faisaient que commencer. J'allais devenir le garçon le plus célèbre en ville — et le cyberterroriste le plus recherché de la planète.

Sans mentionner que je suis devenu la cible d'un inquiétant groupe de fous géniaux qui avaient programmé la date de la prise de contrôle du monde.

Vous croyez que je dramatise encore? Eh bien, lisez ce qui suit.

1 // Tohu-bohu

— Le pain doré ne va pas suffire à arranger ton cas, mon petit gars, décrète ma mère.

— J'ai aussi des bleuets.

Elle croise les bras. Elle est en peignoir et ses courts cheveux noirs sont tous rabattus du même côté. Elle me dévisage à travers ses lunettes.

— Continue.

— Il y aussi de la crème fouettée. De la vraie crème fouettée.

Elle regarde dans le bol avec méfiance.

— Pas une substance à base de soja, sans lait, sans gras et pleine d'air ?

— De la crème extra épaisse et onctueuse. Et je l'ai fouettée moi-même.

Ma mère se laisse tomber sur sa chaise avec un soupir.

— D'accord. Je te pardonne presque.

Je verse le mélange d'œufs dans la poêle en sifflotant.

— Mais tu es toujours privé de sorties, ajoute
ma mère en buvant son jus d'orange.

Oh! d'accord! C'est un début. Peut-être
qu'une fois qu'elle aura goûté au pain doré, elle
reviendra sur sa décision.

Je prends une cuillère. L'odeur du beurre et
des œufs remplit la cuisine. Le pain doré est mon
unique réalisation culinaire. Ma mère fond
généralement à sa vue. Mais cette fois, je me suis
mis dans le pétrin jusqu'au cou, et j'ai l'étrange
impression que même le pain doré aux bleuets ne
suffira pas à racheter mes privilèges MTV.

La fermeture du système électrique de l'école
surpasse toutes mes précédentes idioties. Par
exemple, à l'école de Minneapolis, en première
secondaire, j'ai fabriqué une carte d'étudiant
pour un imaginaire Doug Weewe. Je l'ai inscrit
aux cours, je lui ai inventé des allergies que j'ai
inscrites dans son dossier médical et je lui ai
même fait payer une amende à la bibliothèque
pour un retard sur des livres. Et puis, j'ai commencé à dire aux autres: «Hé! est-ce que vous
avez vu Doug?» ou «Ce Doug, c'est un gars vraiment bien.» Bientôt, tout le monde dans l'école
connaissait Doug, ses vêtements dernière mode et
son habitude de manger des Rice Krispies au

chocolat en les faisant passer directement de la
boîte dans sa bouche. La plus jolie fille de première secondaire, Mélissa Manders, jurait qu'elle
était sortie avec lui à la petite école. Doug Weewe
était devenu une personne et personne ne l'avait
jamais rencontré.

J'ai même pensé à le faire élire chef de classe,
mais j'étais plus jeune à l'époque, et je ne savais
pas comment tout arranger. Et puis, ma mère a
déclaré qu'elle détestait son travail avec un paysagiste — paysagiste à Minneapolis quand il y a
15 mètres de neige environ onze mois par année !

— Et en avant pour de nouvelles aventures,
mon capitaine, m'a-t-elle lancé.

C'est toujours le signal du départ, comme un
code entre nous. Alors, nous avons sorti la carte
routière afin de choisir notre nouvelle ville
d'adoption.

Je parie que maintenant, trois ans plus tard,
Doug Weewe est toujours dans le registre de cette
école de Minneapolis. Activités : Club d'échecs,
Joyeux lurons, Futurs fermiers d'Amérique.
Devise : Je suis tombé et je ne peux pas me relever.
Film préféré : *L'Homme invisible*.

Ha !

Bon, trêve de nostalgie. Je deviens trop senti-
mental. Alors que je suis dans de mauvais draps.

Ma mère saisit le journal avec un soupir.

— J'espère seulement que l'agence de presse ne va pas s'intéresser à ton histoire, dit-elle. Elle va se retrouver dans tous les journaux du pays. Le monde entier va venir cogner à notre porte.

— Tu ne veux pas passer à l'émission d'Oprah Winfrey, maman? lui dis-je en retournant mon pain.

Elle me regarde par-dessus ses lunettes.

— Non.

— Tout le monde veut passer à cette émission.

Je ne comprends pas ma mère. Dans notre existence familiale, un peu de turbulence constitue pourtant la règle, et non l'exception.

Je lui sers du pain doré garni de bleuets et surmonté de crème fouettée. Je lui verse son café et j'ajoute du lait chaud.

— C'est vraiment de la corruption, rechigne-t-elle en saisissant sa fourchette.

À la première bouchée, elle roule de grands yeux. Mais j'adore me laisser acheter.

Je repose mon assiette et je saisis le pot de sirop d'érable avant qu'elle ne le vide au complet sur son pain doré. Je suis sur le point d'avaler ma première bouchée lorsqu'on sonne à la porte d'entrée.

Ma mère me regarde par-dessus sa fourchette.

— Qui ça peut être? Il est seulement 7 h 30.

Elle repose sa fourchette, resserre la ceinture

de son peignoir, et se dirige vers la porte d'entrée.
J'abandonne mon déjeuner pour la suivre.

Elle ouvre la porte. Trois grands costauds en
costume bleu marine se tiennent sur le porche.

— Madame Grace Corrigan ?

La voix de ma mère paraît très calme.

— C'est exact.

Le plus grand des trois nous montre son insi-
gne.

— FBI.

Ma mère s'accroche fermement à la poignée
de la porte. Elle semble osciller un moment, puis
elle ouvre la porte.

— Je suppose qu'il vaut mieux que vous
entriez, messieurs, dit-elle d'une voix tremblante.

Puis les hommes m'aperçoivent. Le plus grand
me fixe d'un regard beaucoup trop sérieux pour
cette heure matinale.

— Ryan Corrigan ?

J'approuve d'un signe de tête. Je remarque
alors seulement que je brandis toujours une fourchette pleine de pain doré et que le sirop est en
train de dégouliner sur la moquette.

— Qu'est-ce que vous lui voulez ? demande
ma mère en se retournant.

— Où est ton ordinateur, Ryan ? demande le
plus grand.

— Laissez-le tranquille ! s'exclame ma mère.

— Nous avons un mandat de perquisition, madame, répond l'homme.

— Un mandat pour quoi? demande ma mère.

Ses mains tremblent et elle les glisse dans son peignoir.

— Que cherchez-vous?

— Service des crimes informatiques, répond l'agent. Nous sommes ici pour interroger votre fils.

Ma mère laisse échapper un soupir.

— Ryan?

— Mon ordinateur est dans ma chambre, dis-je. Mais l'école a dit qu'elle ne porterait pas plainte...

Sans plus s'occuper de moi, ils se dirigent vers ma chambre. L'un deux saisit une enregistreuse.

— Nous entrons dans la chambre du suspect.

Je suis le suspect. Mais de quoi m'accuse-t-on?

Ma mère me regarde. Ses yeux sont dilatés derrière ses lunettes.

— Que devrions-nous faire?

Baissant les yeux sur ma fourchette, je lèche le sirop qui me coule sur la main.

— Manger?

Ils ont emballé mon ordinateur et l'ont emporté. Ils ont pris toutes mes disquettes. Ils ont pris tous mes CD-ROM, même mon encyclopédie et les jeux. Ils ont pris mes cahiers d'école et mes livres de science-fiction.

Puis ils m'ont posé des questions.

— Comment t'es-tu introduit dans le réseau électrique national ?

— Combien de fois as-tu pénétré dans les fichiers du ministère de la Défense ?

— Quelle est ton adresse Internet ?

— As-tu déjà correspondu avec JereMi ?

— Jérémie ? J'ai jamais entendu parler de lui.

— JereMi, répète le grand agent en articulant. C'est une adresse Internet. Et MestreFlorin ? Est-ce que vous êtes en contact ?

— Mestre qui ? je lui demande.

Le géant me fixe avec son plus sévère regard je-suis-un-agent-du-gouvernement.

— Nous avons ton disque dur, Ryan, dit-il doucement. Alors, il serait idiot de ne pas collaborer avec nous.

— Mais je colla...

— Et la Caravane ? me coupe-t-il.

— Est-ce que c'est un groupe rock ? je demande.

— La Caravane du millénaire, répète-t-il.

— Oh ! je vois, un groupe rock nouvel âge !

Le géant du gouvernement serre ses minces lèvres.

— Est-ce que tu as contacté les gens de la

Caravane du millénaire ou est-ce qu'ils t'ont contacté ?

Il rapproche le magnétophone.

— Non. Je n'ai jamais entendu ce nom auparavant.

— JereMi n'a-t-il jamais mentionné La Caravane du millénaire ? demande-t-il.

Quel piège stupide. Ces gars sont tellement transparents que c'en est effrayant. Est-ce qu'ils sont au courant que tout le monde regarde la télé ?

— Je n'ai jamais entendu parlé de JereMi.

— Je veux un avocat, interrompt soudainement ma mère. Les choses sont allées suffisamment loin comme ça.

— Votre fils pourrait être en prison à l'heure actuelle, lui dit le colosse.

— Il est mineur, répond ma mère en se redressant.

Elle n'arrive qu'à mi-hauteur du géant, mais elle ne fléchit pas.

— Et je ne vous laisserai pas l'interroger plus longtemps sans la présence d'un avocat.

Les trois agents se consultent du regard.

— Nous avons ce qu'il nous faut, dit le colosse. Pour l'instant.

— Nous reviendrons, ajoute le plus petit.

— J'ai bien hâte de vous revoir, je leur dis.

Ma mère me serre le bras pour me faire taire.

Les trois hommes sortent et se dirigent vers la camionnette qui contient mon petit bijou d'ordinateur, qui a coûté des milliers de dollars.

Ma mère s'effondre sur le plancher, juste comme ça, avec son peignoir autour d'elle.

— Oh! Ryan, je croyais…

Elle met ses mains sur ses genoux et baisse la tête. Elle prend plusieurs longues et profondes inspirations.

— C'était effrayant, je lui dis. Je suis désolé.

J'aurais envie de m'asseoir sur le plancher auprès d'elle, juste pour lui tenir compagnie. Mais je vais me percher sur une chaise. Nous ne sommes pas exactement bons amis dans l'immédiat. Elle doit être sérieusement en colère contre moi.

Lorsqu'elle relève la tête, je vois qu'elle réfléchit activement. Elle a sa tête des projets, pas celle des crises de colère.

— Nous allons devoir changer nos projets, dit-elle en se frottant le nez.

— Qu'est-ce que tu veux dire?

Je suis un peu inquiet.

Elle a l'air tellement tendue et effrayée.

— Je te mets dans le premier avion pour la Californie, annonce-t-elle. Tu vas quitter la ville aussi vite que possible.

— Mais, maman, tu as oublié? Je suis privé de sorties.

2//Bêtises

Ma mère est sans aucun doute branchée sur le mode panique, et rien de ce que je dirais n'y changerait quoi que ce soit. Par exemple: «Je me suis déjà engagé à assumer un emploi d'été au magasin d'informatique», ou bien: «Tu as déjà versé un dépôt pour une semaine de vacances à la plage de Jekyll Island», ou encore: «Je n'ai rien fait de grave, le FBI ne va pas m'arrêter pour ça.»

Elle n'écoute pas. Elle passe son temps à se frotter le nez comme elle le fait lorsqu'elle panique. Elle me dit de préparer mes bagages, puis elle s'assoit à la table de cuisine et se met à organiser mon avenir immédiat.

Elle appelle quelqu'un en Californie et laisse un message. On rappelle quelques minutes plus tard. Elle reste longtemps à parler au téléphone, à voix basse, dans sa chambre. Je ne parviens pas à entendre quoi que ce soit. Je ne savais même pas qu'elle avait des amis en Californie.

— Bien sûr que tu le sais, me dit-elle après avoir finalement raccroché. Lily. Je t'ai parlé d'elle. Nous étions à l'école ensemble. Elle a une chambre libre chez elle. C'est une vieille maison victorienne. Tu vas l'adorer.

— Alors, comme ça, cette femme que je n'ai jamais rencontrée accepte que j'aille vivre dans sa maison?

— Simplement pour l'été. Elle vit sur les collines de Palo Alto, c'est-à-dire l'endroit où tu vas aller à l'université, à l'automne. Tu auras l'occasion de découvrir le coin, comme ça. Elle a même une coccinelle Volkswagen que tu pourras utiliser pour te balader.

— Mais qu'est-ce que je vais faire tout l'été?

Je me vois déjà vivant dans une maison isolée avec une vieille femme. Je ne devrais peut-être pas dire «vieille femme», car si Lily était à l'école avec ma mère, elles doivent avoir le même âge.

— Tu feras ce que tu voudras là-bas, fait remarquer ma mère. Tu pourras te trouver un travail à temps partiel, si tu veux. Et Lily travaille pour l'une de ces grandes entreprises de pointe. Elle s'y connaît mieux que toi en ordinateurs. D'ailleurs, elle a un ordinateur chez elle que tu pourras utiliser.

J'acquiesce. Le tableau commence à paraître

légèrement plus intéressant. Au moins, je serai branché.

— Tu prends l'avion jusqu'à San Francisco, annonce ma mère. Lily ira te prendre à l'aéroport.

— San Francisco? C'est pas un peu loin de Los Angeles?

— C'est le seul vol que j'ai trouvé. Tu pars demain matin.

Je la regarde, incrédule. C'est le milieu de l'après-midi et elle porte toujours son peignoir. Ses cheveux ne sont plus d'un seul côté à présent, mais ils sont tout emmêlés parce qu'elle s'y passe les doigts toutes les cinq minutes.

— Est-ce que tu ne crois pas que tu paniques un peu vite?

— Je n'ai pas aimé ces hommes, répond ma mère en croisant les bras. Tu as seulement 17 ans, Ryan. Et j'essaie de te protéger.

— Mais ils sont du FBI, maman. Ils peuvent sans doute me retrouver en moins de deux, s'ils le veulent.

— Je ne pense pas qu'ils soient aussi rapides, rétorque ma mère en cherchant son sac à main. Du moins, je l'espère. Tu vas juste partir pour l'école un peu plus tôt que d'habitude, c'est tout. À présent, je dois aller à la banque. Nous allons payer ton billet comptant.

— Tu ne penses pas que tu devrais d'abord te changer ?

Elle baisse la tête et rit pour la première fois de la journée.

— Qu'est-ce que je vais devenir sans toi ?

— Tu vas te faire arrêter pour tenue indécente !

D'aussi loin que je m'en souvienne, ma mère et moi avons toujours formé une famille de deux. Mon père est mort dans un accident de voiture alors que ma mère était enceinte de moi. Tragique, n'est-ce pas ? Je suppose que ma mère a dû être complètement dévastée, car elle a aussitôt déménagé dans une autre ville. Puis, lorsque j'ai eu deux ans, elle a déménagé de nouveau. Elle a dû aimer ça, car nous n'avons jamais cessé de déménager depuis.

J'ai fréquenté neuf écoles différentes dans autant d'États. Lorsque vous changez d'école aussi souvent, il y a deux façons de vous en sortir. Soit vous devenez très bon pour vous faire des amis, soit vous devenez très mauvais. J'ai pris la seconde voie. Après un moment, vous en avez marre d'avoir sur le visage la question « Tu veux devenir mon ami ? » et vous adoptez l'attitude « je m'en moque complètement ». Et puis, après un certain temps, vous réalisez que vous vous en moquez réellement.

Tout le monde vous entoure comme une

meute de loups, en essayant de renifler votre facteur de désinvolture. Étant donné que j'ai toujours été grand et maigre, et que j'ai des cheveux d'un blond-roux ridicule, vous pouvez imaginer le niveau de ma cote de popularité!

Lorsque j'étais plus jeune, je ne me rendais pas compte à quel point il était étrange de déménager presque tous les ans. J'ai toujours trouvé très amusant de nous asseoir à la table de cuisine devant une pizza et de sortir la carte routière. J'ai toujours voulu déménager dans des villes dont le nom sonnait comme un parc d'attractions, telles que Ho-Ho-Kus dans le New Jersey ou King of Prussia en Pennsylvanie.

À mesure que les années ont passé, mon manque de sociabilité s'est aggravé jusqu'à être vraiment dysfonctionnel. Je ne suis pas très convivial, disons. Mais, alors, j'ai eu mon premier ordinateur, et tout s'est arrangé. Je me suis lié d'amitié avec les ordinateurs et les logiciels, et j'ai commencé à voir les personnes comme des disques durs faisant des manières. C'était plus facile.

Ma mère a tendance à paniquer lorsque je décris les gens comme des disques durs.

— Tu dois t'ouvrir un peu, a-t-elle l'habitude de dire. Tu dois faire confiance aux gens.

— La dernière fois que j'ai fait confiance à quelqu'un, j'étais en dernière année du primaire.

Randy Pallidan avait proposé qu'on échange la combinaison de nos casiers et que l'on devienne amis. Comme un idiot, j'ai accepté. Lorsque je suis revenu du dîner, le numéro de ma combinaison était inscrit à la peinture sur la porte de mon casier, et toutes mes affaires étaient éparpillées par terre dans le couloir.

— Oh! mon grand! m'a dit ma mère récemment. Tu ne vas pas toujours être le «nouveau», je te le promets. Et tout va bien aller au collège. Les goûts changent. Les filles aiment les garçons intelligents. En particulier à Palo Alto. Là-bas, les petits génies conduisent des Porsche et sont obligés de repousser les filles avec un bâton.

Ma mère faisait de son mieux pour me distraire. Mais mes espoirs n'étaient pas très élevés. Lorsque vous avez de grands espoirs, vous finissez toujours par être déçu. Ma devise : Ne faire confiance à personne. Voyager avec peu de bagages.

— Est-ce que ça veut dire que tu vas m'acheter une Porsche ? je lui demande.

Dès que ma mère est partie à la banque, je saute sur mon vélo. J'erre dans les rues tranquilles pendant un moment pour être sûr que je n'ai pas d'agents du FBI à mes trousses.

Lorsque j'y pense, cela me semble tout à fait surréel, comme si j'étais entré dans une télésérie mettant en scène des policiers imbéciles. Moi, je dois faire attention à ne pas être suivi.

C'est étonnant comme une vie tout à fait normale peut basculer en seulement dix secondes.

Une fois sûr que je ne suis pas suivi par les méchants, je vais jusqu'à l'école. Il y a des cours, alors je me faufile par la porte de côté. Je me dirige vers mon casier en espérant ne pas tomber sur madame Dragoneer, la directrice adjointe de l'école, qui arpente les couloirs jour et nuit, et que l'on appelle, bien sûr, la Femme dragon.

Je décadenasse et j'ouvre la porte avec un soupir de soulagement. Mon ordinateur portatif est toujours là. Le FBI n'a pas pensé à tout.

Je le fourre dans mon sac à dos et je quitte l'école sans avoir rencontré âme qui vive. Cela me fait tout drôle de traverser les couloirs et de passer devant les salles où j'ai usé mes fonds de culotte pendant deux ans. J'aperçois la tête blonde de Peyton Delaney par la petite vitre de la porte. J'étais pas mal amoureux d'elle en première année, mais elle me traitait comme si j'avais une maladie contagieuse. Burt McCallister est assis au dernier rang, son visage de cochon est tout plissé par la concentration alors qu'il essaie de simuler une activité cérébrale.

Une fois, il m'a volé mon suspensoir — mon suspensoir, est-ce que c'est pas bizarre? — dans le vestiaire du gymnase, et l'a utilisé comme une fronde pour envoyer mes chaussures de course sous la douche. J'ai marché dans des chaussures qui faisaient un bruit de succion pendant les heures de cours suivantes.

En d'autres termes, je ne vais pas regretter cette école.

J'ai fermé le système électrique? Ils ont eu de la chance que je ne fasse pas tout sauter.

Faire mes bagages s'avère une chose très facile. Je vide mon tiroir de tee-shirts et mon tiroir de chaussettes dans une valise, puis j'y jette deux paires de jeans et mes chaussures de course. Je porterai mes bottes de marche dans l'avion. Et voilà, c'est fait!

Puis je branche mon modem. Ma mère n'est pas rentrée à la maison. Elle est probablement en train de m'acheter des articles de toilette en format de voyage: dentifrice, rince-bouche, pansements adhésifs et shampooing. Ma mère considère que les articles en format de voyage sont l'une des plus grandes inventions de la fin du 20e siècle.

Le drapeau de mon courrier électronique apparaît dès que je me connecte. Je clique sur l'icône. C'est un message de JereMi. C'est l'adresse dont les agents du gouvernement n'ont pas arrêté de me parler.

Comme c'est étrange!

Je reste sans bouger pendant quelques minutes. De toute évidence, JereMi n'est pas qu'un autre internaute cherchant un ami pour bavarder. Devrais-je ouvrir ce message ou non?

Le truc avec le cyberespace, c'est que, quelle que soit la personne qui vous insulte, vous met en colère, ou vous fait peur, vous êtes assez bien protégé. Il vous suffit d'éteindre votre ordinateur. Alors, quel risque peut-il y avoir à aller voir ce que JereMi a à dire? Je clique.

Ryan,

Attendez un instant. Première chose étrange. Comment JereMi peut-il connaître mon véritable nom?

Une fois que les agents du gouvernement t'ont repéré, tu es cuit.

Deuxième chose étrange. Comment sait-il que le FBI m'a repéré? Ils sont venus seulement ce matin!

Tu as besoin de protection? Nous sommes tous des fanatiques du cyberespace ici, cherchant d'autres mordus. Tu as besoin d'aide? Il suffit de demander.

JereMi

— Non merci, me dis-je en effaçant le message d'un clic.

Comme si j'avais besoin de m'attirer plus d'ennuis avec les hommes en costume!

Alors, un « nouveau message » apparaît immédiatement à l'écran. Essayez un peu de deviner de qui il s'agit.

Je ne devrais pas cliquer. Mais comme je vous le disais plus tôt, vous avez toujours la possibilité d'éteindre votre ordinateur, n'est-ce pas ?

Écoute, mon ami, je ne veux pas te faire peur, m'écrit JereMi. *Le FBI utilise sans doute mon nom pour communiquer avec toi. Mais il est probablement en train d'utiliser ton nom pour communiquer avec d'autres à l'heure où on se parle.*

Là, il marque un point.

Un jour, tu es en train de t'occuper de tes petites affaires, en faisant un peu de piratage inoffensif, et tout d'un coup, ton installation est K.-O. !

Ainsi, je ne suis pas seul.

Je lui réponds : *Je suis bien d'accord. J'avais un chouette système, et maintenant les agents du FBI sont sûrement en train de l'utiliser pour un jeu complètement boiteux sur CD-ROM.*

Rires, écrit JereMi, signifiant qu'il trouve ma plaisanterie amusante. *Les agents du FBI ne se lèvent que pour s'énerver numériquement. Le pirate moyen en sait plus qu'ils n'en sauront jamais. N'oublie jamais ça. Ils sont purement analogues. Nous sommes numériques !*

Mais c'est eux qui portent les sales insignes, je réponds.

Un point pour toi. Mais le véritable pouvoir provient du savoir. C'est là que nous gagnons. Réfléchis. Il y a plein de cybergénies qui se font ennuyer. Je fais partie d'un groupe qui a décidé de riposter. Nous ne sommes pas des hors-la-loi — nous sommes juste intelligents. C'est un groupe vraiment sympa, et nous t'invitons à en faire partie. Tu n'as qu'à visiter notre site Web, nous sommes la Caravane du millénaire.

La Caravane du millénaire! C'est le groupe qu'a mentionné le FBI. Et si ce n'était pas des pirates inoffensifs? Et si JereMi était en train de me vendre sa salade?

Je tape: *J'irai voir.* Ce qui revient à peu près à: « Peut-être que nous pourrions nous voir samedi. »

Parfait, écrit JereMi. *Nous avons appris que tu étais entré dans le réseau de la Défense nationale. Tu as impressionné ceux qui ne se laissent pas impressionner, mon gars. Tu veux nous faire part de quelques détails?*

Je réponds: *Rien à signaler. Le journaliste voulait vendre ses journaux. Il a carrément exagéré.*

Je comprends, répond Jeremi. *Tu as peur de dire la vérité. Mais les agents du gouvernement ne sont pas en train d'écouter maintenant. Tu parles à un collègue pirate. Je me suis moi-même introduit dans certains endroits assez protégés. Souviens-toi du code des pirates, mon ami : l'information doit être partagée. On est tous du même camp, non ?*

Je suis on ne peut plus sérieux, j'écris. *Je me suis introduit dans quelques systèmes, mais pas dans celui-là.*

Ah oui ! le système électrique de l'école — pas mal !

C'est rien, dis-je modestement.

N'essaie pas de m'en remontrer, mon gars. Le cyberespace, c'est comme le Far West. Nous y sommes tous des cow-boys. Mais si nous ne faisons pas attention, nous aurons des frontières et des douaniers. Dans un univers numérique, l'accès devrait être universel, ne crois-tu pas ?

Je réponds : *Bien sûr. Donne-moi un foyer où vagabondent les gigaoctets.*

Rires. Alors où t'es-tu introduit encore ? Dans certains services en ligne ?

JereMi commence à me faire peur. J'ai tout à coup l'impression que l'on essaie de me soutirer de l'information. Un frisson me dresse les poils, comme si quelqu'un se tenait dans la pièce avec moi et me soufflait une haleine d'oignon juste sur la nuque.

Dis donc, t'es un rapide, toi ! Nous venons à peine de nous rencontrer. Je ne suis pas si pressé de partager.

Pas de problème. Je suis juste un peu curieux. Alors, est-ce que tu es au courant des bons films qui vont sortir cet été? Il y a plein de films de science-fiction qui vont prendre l'affiche dans ton multiplex. Qu'est-ce qui a l'air bon?

Et nous voilà en train de bavarder tranquillement de films. Est-ce que JereMi ne serait pas tout simplement en train d'essayer de me mettre en confiance? Cela me fait encore plus peur que tout le reste.

J'écris : *Je ne me suis pas tenu au courant dernièrement. Mais je dois te laisser maintenant. J'ai été heureux de discuter avec toi.*

Je commence à sortir de mon courrier électronique lorsque soudainement les mots de JereMi clignotent devant mes yeux.

D'accord. Mais souviens-toi que nous avons des amis partout, si tu as besoin de nous. Même en Californie.

Ouah! troisième chose étrange! L'article disait que j'allais entrer au collège, mais ne précisait pas où. Principalement parce que cela n'intéresse personne.

Je ressens de nouveau cette drôle de sensation.

Comment JereMi peut-il savoir que je pars pour la Californie?

3//En avant,
mon capitaine

Toujours là ? m'interroge JereMi.

Je tape: *Pourquoi la Californie ?*

Désolé si je t'ai fait peur. Mais, nous, les maîtres du numérique, nous devons nous serrer les coudes. La vie dans le cyberespace représente la liberté ultime, tu ne crois pas ? Je veux juste garder le contact avec d'autres pirates — même si tu ne fais pas de piratage intensif, tu aimes bien t'y frotter de temps à autre.

Je dois vraiment te quitter maintenant, j'écris.

Mais les mots surgissent à l'écran presque instantanément. *Premièrement, laisse-moi te convaincre que ce n'est pas une bonne chose pour toi d'aller en Californie. Deuxièmement, laisse-moi te dire pourquoi tu devrais me laisser te convaincre. Les passionnés d'informatique de la Caravane ont* accès à des systèmes dont tu ne pourrais même pas rêver — juste pour s'amuser, sans profit ! Par exemple, la liste des dix personnes les plus recherchées du FBI. Et si tu étais sur cette liste ? Est-ce que tu n'aimerais pas effacer ton nom et les informations te concernant ?

Je déglutis. *Mais je ne suis pas sur leur liste. Tout ce qu'ils ont fait, c'est me poser quelques questions.*

Peut-être qu'ils ne t'ont pas mis sur leur liste. Mais qu'est-ce qui se passerait si un autre groupe avait accès à leurs dossiers ? S'il pouvait le faire ?

Ne voyant pas ce qu'il entend par là, je me contente de taper : *????*

Je suis juste en train de resserrer tes chaînes, mon cher, répond JereMi. *T'aimerais pas être sur la liste des dix personnes les plus recherchées par le FBI, disons pour une journée ?*

Effrayé, j'écris : *Est-ce que tu es en train de me dire que ta Caravane du millénaire serait capable de faire ça ? Ou le ferait ?*

Pourrait le faire ? Très certainement. Le ferait... J'en sais rien. C'est pour ça que le cyberespace est dangereux. Entre de mauvaises mains. C'est le Far West, tu te souviens ?

Ma bouche est sèche. Je tape : *Qu'est-ce que tu attends de moi ?*

Simplement tes oreilles. C'est tout. Pourquoi

est-ce que tu n'acceptes pas d'écouter ce que j'ai à te dire?

Parce que je n'aime pas que l'on me menace, j'écris.

Calme-toi, mon gars. Je suis ton ami.

Mais je commence à en avoir assez de JereMi. Et je suis allergique aux gens qui m'appellent « mon gars ».

Alors, cette fois, je ne prends pas la peine de dire au revoir. J'agite mes doigts sur le clavier, j'éteins mon ordinateur et les paroles de JereMi disparaissent avec des bips.

Je reste assis devant mon écran vide. Ma mère avait peut-être raison, après tout. Il est peut-être temps pour moi de quitter la ville. Une chose est sûre: je ne vais pas lui dire que JereMi m'a contacté. Elle est déjà assez inquiète comme ça de savoir que je suis connu comme un superpirate.

En plus, je panique moi-même suffisamment pour deux.

Nous sommes, ma mère et moi, devant le comptoir des billets. Nous avons réservé mon siège et fait enregistrer ma valise. Nous savons par quelle porte d'embarquement je dois passer. Ma mère n'arrête pas de consulter l'écran des départs au-dessus de nos têtes. Je sais qu'elle s'efforce de ne pas pleurer.

— Porte d'embarquement six, dit-elle pour la deuxième fois. C'est par là. Nous pouvons nous arrêter acheter des revues et des bonbons.

— Maman, je ne veux pas être désagréable, mais j'aimerais mieux que tu ne viennes pas jusqu'à la porte d'embarquement. Nous n'avons qu'à nous dire au revoir ici. Pourquoi te faire du mal inutilement?

Elle grimace un sourire.

— Je suppose que tu ne veux pas que de jolies filles me voient en train de te serrer et de t'embrasser en t'appelant mon petit garçon chéri.

— Exactement.

Elle prend mon visage entre ses mains. Ses yeux s'emplissent de larmes.

— Mon petit garçon chéri, dit-elle d'une voix étranglée.

— Maman, rappelle-toi ce qu'on vient de dire!

Elle laisse retomber ses mains.

— D'accord, fait-elle en s'éclaircissant la voix. Alors, tu as bien ton billet?

— Oui, je l'ai.

— Ton bagage à main?

— Affirmatif.

— Le numéro de Lily, juste au cas où tu la raterais à l'aéroport?

— Je ne la raterai pas à l'aéroport, et j'ai son

numéro de cellulaire, son numéro à la maison,
son numéro de télécopieur et son adresse électronique. Est-ce que tu es sûre de ne pas vouloir
me donner son numéro d'assurance sociale?

— Comment vais-je faire pour me passer
d'un petit malin comme toi? Tu m'appelles de là-
bas?

— Dès que j'arrive.

Ses yeux s'emplissent de larmes de nouveau.

— Je pense que c'est vraiment la meilleure
chose à faire.

— Je sais.

— Je viendrai te voir bientôt.

— Oui.

Elle me serre dans ses bras. Elle me dit qu'elle
m'aime et j'ai la gorge toute serrée moi aussi. J'ai
vraiment l'impression d'avoir huit ans, même si
elle ne m'arrive qu'à l'épaule.

— Vingt-quatre sur sept, dit-elle.

— Vingt-quatre sur sept.

C'est un code entre nous signifiant que nous
serons toujours là l'un pour l'autre, vingt-quatre
heures par jour et sept jours par semaine.

— Bon, fait-elle en m'adressant un pauvre
sourire. Je suppose qu'il est temps de se quitter.

— C'est l'heure de la séparation.

— O.K. J'y vais à présent.

— D'accord.

Elle me serre brièvement dans ses bras encore une fois, puis faisant volte-face, elle s'éloigne rapidement. Je l'appelle.

— Maman.

Elle se retourne. Les larmes ruissellent sur son visage.

— Tu vas dans la mauvaise direction. Le stationnement est par là !

Elle se frappe la tempe et fait une grimace comique. Puis elle se retourne et part dans la bonne direction.

Je la regarde s'éloigner un moment. J'ai quelques inquiétudes quant à sa capacité de se débrouiller sans moi.

La salle d'embarquement est pleine de gens. J'étire le cou au-dessus de la foule et des bagages pour essayer de trouver un siège. Pourquoi tout le monde déteste-t-il prendre l'avion, et que personne ne reste chez soi ?

Finalement, quelqu'un ôte un bagage à main d'un siège, libérant ainsi une place en bout de rangée. Je me précipite. Puis la personne assise à côté de moi se lève, et j'ai même de la place pour poser mon coude.

Je sors des friandises et j'ouvre mon ordinateur portatif pour jouer aux échecs. Mais la personne qui est partie a laissé un numéro du magazine *Digital* sur le siège d'à côté. Je m'en empare.

Sur la première page, un autocollant jaune est fixé sur l'image.

NE MONTE PAS DANS L'AVION. TU AS BESOIN DE NOUS, RYAN. TU PEUX COMPTER SUR NOUS. C'EST PAS COMME TA MÈRE QUI T'EMBRASSE ET T'EXPÉDIE À DES MILLIERS DE KILOMÈTRES. OUBLIE CES *M&M* AUX ARACHIDES, N'EST-CE PAS? C'EST NOUS QU'IL TE FAUT VÉRITABLE-MENT.

Je baisse les yeux sur les *M&M* dans ma main. Ce sont des *M&M* aux arachides. Je repense à ma mère qui me serrait dans ses bras pendant une éternité devant le comptoir des billets.

La Caravane du millénaire était en train de me surveiller.

Je regarde distraitement dans la salle d'embarquement. Je ne sais pas quel genre de personne je cherche. Un boutonneux à lunettes en plastique? Le sosie de Bill Gates?

Les *M&M* se répandent sur le sol lorsque je me relève. Une petite fille marchant avec son père les pointe du doigt en s'écriant:

— Des bonbons!

Elle se penche pour en ramasser un, mais son père l'en empêche et elle se met à pleurer.

Pour ne pas attirer l'attention, c'est réussi!

Je coince mon ordinateur sous mon bras et je me penche pour prendre mon bagage à main. Juste à ce moment-là, on me bouscule par-derrière. Je sens qu'on m'arrache l'ordinateur.

— Hé!

Je me retourne et j'aperçois une haute silhouette dans une veste d'armée défraîchie et coiffée d'une casquette de baseball qui s'enfuit dans un couloir.

Je m'élance à ses trousses. L'homme est rapide, mais j'arrive à ne pas le perdre de vue dans la foule. Je contourne un groupe d'hôtesses tirant leur valise. L'un de ces petits trains transportant les personnes qui ont du mal à se déplacer tourne devant moi et je dois accélérer pour lui couper la route. Le chauffeur me crie après:

— Hé! toi là!

Mais je ne m'arrête pas.

Je suis en train de rattraper le gars. Il doit éviter autant d'obstacles que moi. Il tente de sauter par-dessus un chariot à bagages, il se heurte le tibia. Cela le ralentit le temps que j'esquive une famille portant des chapeaux «Disneyworld» et que je plonge pour lui saisir les chevilles.

Quand je pense qu'on s'est moqué de moi dans les cours d'éducation physique depuis la petite école!

Je tiens ses chevilles, mais il me donne des coups de pied et je lâche prise. J'étends la main et je parviens à attraper mon ordinateur. Mais je n'arrive pas à garder la main sur le voleur et sur l'ordinateur en même temps. L'homme bondit sur ses pieds et s'enfuit en courant. Je n'ai pas réussi à voir son visage.

J'entends du vacarme derrière moi et je vois surgir deux gardiens de sécurité dans la foule attroupée autour de moi. Je laisse échapper un soupir de soulagement. Enfin, de l'aide.

— Qu'est-ce qui se passe ici ? demande l'un des gardiens.

J'ouvre la bouche pour commencer à m'expliquer, mais je n'en ai pas le temps. Une femme portant des lunettes de soleil et de longs cheveux châtains me montre du doigt en criant.

— C'est un voleur ! Il a volé cet ordinateur portatif !

L'instant d'après, je suis emmené de force.

4//Poursuites

— Je vous répète que je ne suis pas un voleur, dis-je à l'officier de sécurité de l'aéroport. C'est moi qui me suis fait attaquer.

Je lui ai déjà raconté au moins dix fois qu'ils m'ont ramassé par terre ; qu'ils m'ont conduit à l'arrière, dans cette partie de l'aéroport que l'on ne voit jamais, puis dans cette petite pièce à la moquette couleur pain aux olives ; puis qu'ils ont fermé la porte.

— Pourquoi croyez-vous le témoignage de cette femme ? Elle m'a simplement vu en train de plaquer le gars. Est-ce que vous ne plaqueriez pas le gars qui vient de vous voler votre ordinateur, vous ?

J'ai l'impression de l'avoir ébranlé. Une étincelle de doute apparaît sur son visage. Cependant, il semble surtout ennuyé. Je suppose qu'il est déçu. Il passe peut-être son temps à espérer mettre la main sur un ignoble terroriste ou un voleur de bijoux international, et non sur un adolescent maigrichon avec un ordinateur portatif.

— D'accord, mon garçon, dit-il. Calme-toi. Nous allons mettre tout ça au clair. Répète-moi ton nom.

— Ryan Corrigan.

— Quel âge as-tu, Ryan?

— Dix-sept ans.

Il me jette un regard incrédule.

— Ah oui? Tu parais plus vieux.

— Je suis grand pour mon âge. Écoutez, vous pouvez téléphoner à ma mère. Elle n'est peut-être pas encore rentrée à la maison. Elle vient de me déposer à l'aéroport.

Nous habitons à une demi-heure de l'aéroport et, connaissant ma mère, elle a dû se perdre en chemin.

— Nous allons lui donner quelques minutes, fait l'officier.

Tout son visage s'allonge soudainement et ses yeux se plissent. Je ne sais pas s'il essaie de faire une grimace amusante ou s'il va se transformer en monstre. En réalité, il est en train de réprimer un immense bâillement.

Je manque presque de m'excuser de le réveiller pendant son travail mais, pour une fois, je suis assez sage pour me fermer la trappe.

L'officier enfonce quelques touches du clavier de son ordinateur. Je vois ses yeux scruter l'écran. Cette fois, il ne fait plus d'effort pour étouffer son bâillement.

Mais sa bouche se referme brusquement. Il essaie de rester impassible, mais son corps se raidit. Avec une décontraction exagérée, il tourne sur sa chaise et se lève. Il s'étire.

— Je vais me chercher une tasse de café. Veux-tu quelque chose à boire?

— Oui, s'il vous plaît.

Dès qu'il a quitté la pièce, je tourne son ordinateur vers moi. En me penchant, je tape quelques touches pour retrouver le dernier programme qu'il a utilisé.

Le logo du FBI apparaît à l'écran.

Tiens, tiens!

La liste des dix criminels les plus recherchés me saute au visage. Le nom de MestreFlorin est le premier. Il n'y a pas de photo. Il est simplement décrit comme un cyberterroriste sans adresse connue. Son vrai nom n'est pas connu non plus.

Je fais débouler le texte pour aller voir le nom suivant. Un visage familier apparaît alors: le mien. C'est la photo de fin d'année de l'école, alors vous pouvez imaginer la tête que je me paie!

Tous mes renseignements personnels clignotent sous mes yeux, ainsi que les accusations me concernant : cyberterrorisme, enlèvement et vol qualifié.

Enlèvement ? Vol qualifié ?

Je cligne des yeux et je relis plus lentement. Ce n'est pas une erreur stupide du FBI. Ce sont des informations délibérément erronées.

Est-ce que c'est de cela que voulait m'avertir JereMi ?

Peut-être que le FBI ne t'a pas mis sur sa liste. Mais qu'est-ce qui se passerait si un autre groupe avait accès à ses dossiers ? S'il pouvait le faire ?

Ça, c'est l'œuvre de la Caravane du millénaire ! Elle veut me montrer l'étendue de sa puissance.

C'est pour ça que le cyberespace est dangereux. Entre de mauvaises mains.

Ma tête tournoie comme un manège. Je ne parviens pas à réfléchir calmement.

Pourquoi tout cela ? JereMi m'a bien parlé de me mettre sur la liste pour une journée ?

J'entends des pas se rapprocher. Et tout ce que je sais, c'est qu'il faut je fiche le camp d'ici. J'attrape un trombone sur le bureau du sergent Bâillement. Rapidement, je le déplie.

Je me rassois. Près de mon genou, je repère une prise électrique. Je débranche la lampe de bureau et j'entoure les deux fourches de la fiche avec le trombone pour qu'elles se touchent.

Quand l'officier ouvre la porte, je remets la fiche dans la prise.

Psssssttt!

Tout saute: la lumière, l'ordinateur, le télécopieur. Le bureau au complet est court-circuité.

— Qu'est-ce que..., fait le sergent Bâillement.

Cinq pas me séparent de la porte. Je parcours la distance en moins de deux.

5//Repérage

J'ai réussi à m'échapper. J'aperçois un groupe de touristes agglutinés dans la zone des bagages lorsque je surgis dans la partie principale de l'aéroport. Il est accompagné par un type distrait qui crie sans arrêt :

— Tout le monde est là ? Est-ce que nous sommes tous là ?

Il vérifie sur sa liste, ne sait plus où il en est, et doit tout recommencer.

Je me faufile facilement au milieu du groupe. Nous nous rassemblons tous sur le trottoir, à l'endroit où l'autobus attend. Chaque fois que le guide tente de compter ses têtes remuantes, je me déplace. Tout le monde essaie de garder un œil sur ses bagages, parle de cet horrible vol agité, et regarde une carte en même temps.

Je parviens à monter dans l'autobus et je prends une place à l'arrière. Le guide abandonne l'espoir de compter les têtes et se laisse glisser sur un siège avec un soupir. L'autobus part en cahotant vers la ville.

Je regarde derrière de temps en temps, mais je ne vois pas apparaître de gyrophare. Vingt minutes plus tard, nous nous arrêtons devant le Holiday Inn. Je descends avec le reste du groupe, puis je bats rapidement en retraite alors que tout le monde prend d'assaut la réception sous les cris du guide :

— Attendez ! Il faut former une file !

J'habite à quinze minutes à pied du centre-ville, dans un quartier verdoyant et ancien. Ma mère a trouvé notre petite maison dans les annonces. C'était autrefois une écurie attenante à un manoir. Quant au manoir, c'est aujourd'hui un immeuble d'habitation donnant sur le parc.

Je planifie mon itinéraire de façon à déboucher sur le coin le plus éloigné du parc où se trouve un chêne centenaire. Juste à côté, il y a un monument aux morts de la guerre de Sécession derrière lequel je vais pouvoir me dissimuler.

Tout paraît tranquille. Des gens promènent leur chien ou lisent leur journal, au soleil, sur un banc. De l'autre côté de la rue, un homme tond la pelouse devant l'immeuble qui fait face à notre maison. Alors que je l'observe, la tondeuse semble buter sur quelque chose. L'homme éteint le moteur et fait le tour pour voir ce qui se passe. Une pierre. Il la ramasse et la jette dans les buissons.

C'est une journée comme les autres. Je sens le soulagement m'envahir. Je peux rentrer à la maison. Ma mère saura ce qu'il faut faire. Je lui raconterai tout et elle engagera un avocat, ou appellera la police, ou fera ce qu'elle jugera bon de faire.

Je commence à traverser le parc. Mais je remarque une chose étrange. L'homme qui tond la pelouse porte un short et des chaussures marron. Des chaussures d'homme d'affaires, avec des semelles rigides. Qui tondrait sa pelouse dans des chaussures pareilles?

Un agent du FBI, bien sûr.

La maison est surveillée. Je recule de deux pas, je me retourne et continue mon chemin. Je dois vraiment me faire violence pour ne pas partir à courir comme un lapin.

Personne ne me suit. Mais il y a cependant un léger problème.

Où vais-je aller à présent?

Je marche, et je marche encore. Je pense bien à téléphoner à ma mère, mais j'imagine qu'elle doit être sur écoute. Et si l'homme aux chaussures marron faisait partie de la Caravane du millénaire et non du FBI? Et si je mettais la vie de ma mère en danger?

Ma mère n'est pas si paranoïaque après tout. Elle a dû deviner que cette histoire selon laquelle j'étais capable de m'introduire dans le réseau électrique national allait faire de moi une cible. Pas étonnant qu'elle ait insisté sur la discrétion. Pas étonnant qu'elle ait essayé de m'envoyer hors de la ville. Elle a payé mon billet d'avion comptant et n'a dit à personne où j'allais, à part Lily. Je parie même qu'elle a fait exprès de m'envoyer à Los Angeles, car c'est un gros aéroport où il aurait été difficile de me suivre.

Je m'arrête tout à coup. Le plan de ma mère était bon. Alors pourquoi ne pas le suivre? Pourquoi est-ce que je ne me rendrais pas en Californie?

Mais je ne vais pas prendre l'avion. Je vais prendre le train ou l'autobus. Je vais trouver l'un de ces cafés Internet et je vais envoyer un message électronique à Lily en lui expliquant que j'arriverai à une autre date et que je prendrai alors contact avec elle. Je vais aussi lui demander d'avertir ma mère.

Alors, une fois arrivé chez Lily, j'aurai un ordinateur à ma disposition et plein de jus de fruits. Soit je réussirai à m'introduire dans le système du FBI et à effacer mon dossier, soit je lui ferai une offre sur le Net. Je lui expliquerai ce qui s'est passé et je l'aiderai à retracer les membres de la Caravane du millénaire.

Et je ne dois pas commettre l'erreur de sous-estimer les membres de ce groupe. Ils s'adressent à moi, car ils pensent que je peux les aider. Je dois leur faire comprendre, d'une manière ou d'une autre, que ce n'est pas le cas.

Bon, à présent, tout ce qu'il me reste à faire, c'est d'aller demander le remboursement de mon billet d'avion. Heureusement, je l'ai gardé dans la poche de ma veste en jean. Je le sors.

Il porte la mention NON REMBOURSABLE.

C'est bien ma veine ! Maintenant, je suis mal pris. Mes chèques de voyage sont restés dans mon bagage à main, qui doit toujours être en train de m'attendre dans la salle d'embarquement numéro six. Je n'ai que quarante dollars dans mon porte-feuille. Jusqu'où puis-je me rendre avec ça ? Jusqu'au Tennessee ?

Je n'ai presque pas d'argent, pas de vêtements et pas d'ordinateur. Je ne peux pas appeler ma mère. Le FBI est à mes trousses, alors je ne peux pas appeler la police.

Je suis vraiment dans le pétrin jusqu'au cou.

6//Attendre pour inhaler

J'ai une autre devise : Lorsque vous ne savez pas quelle direction prendre, mangez du *junk food*. Je suis personnellement convaincu qu'un jour les scientifiques vont découvrir qu'il y a un lien entre le gras et des facultés cérébrales éminentes.

Me trouvant dans un quartier inconnu, je parcours quelques coins de rue avant de trouver un restaurant. Il paraît un peu délabré. Le genre d'endroit avec des murs couverts de gras et des petites banquettes en cuirette craquelée. Parfait.

Le restaurant est désert, ce qui ne laisse rien présager de bon quant à la nourriture. Mais je ne suis pas vraiment en position de me montrer difficile. Je choisis une banquette près de la porte avec vue sur la rue.

Je commande une assiette de hamburger au fromage et un thé glacé. Pour passer le temps, je m'amuse à lire les inscriptions prétendument humoristiques au-dessus du gril, du style : TOUS LES GENS AMÈNENT DU BONHEUR EN CES LIEUX : CERTAINS EN Y ENTRANT, D'AUTRES EN LES QUITTANT. Je suis dans un café quétaine, ou quoi ?

La serveuse m'apporte mon assiette de hamburger au fromage, et je m'apprête à l'attaquer lorsque la cloche de la porte d'entrée se met à tinter.

Une fille m'envoie un regard blasé et se dirige vers le comptoir. Elle est à peu près de ma taille et ses cheveux noirs brillants sont entortillés en une natte qui lui descend presque jusqu'à la taille. Elle porte un tee-shirt vert olive et un jean noir taché de peinture. Elle porte aussi une chemise bleue, nouée à la taille.

Elle m'ignore, mais je suis habitué à ce comportement de la part des filles. Je continue à manger pendant qu'elle commande une assiette de hamburger au fromage et un soda sans sucre.

Elle tourne sur son tabouret, afin de pouvoir croiser les jambes. Ses jambes sont très longues. Je regarde ses bottes se balancer d'avant en arrière, d'avant en arrière. Puis je me sens assez de courage pour remonter jusqu'à son visage.

Erreur. Nos yeux se rencontrent. Les siens sont de la couleur du jean que l'on aurait lavé cinquante millions de fois. Ils sont incroyablement beaux et contrastent bien avec ses cheveux noirs et sa peau bronzée.

Elle détourne rapidement le regard. Je me sens rougir, ce qui est une habitude vraiment très gênante qui pourrait me conduire à sauter d'un avion en plein vol et sans parachute un de ces jours. Je saisis la bouteille de ketchup et tape dessus, mais rien n'en sort. Elle est vide. Je cherche la serveuse, mais elle est en train de parler au téléphone dans le fond du restaurant.

Qui a besoin de ketchup, de toute façon?

Je prends une bouchée de hamburger au fromage en regardant un autre panneau: ON NE CRACHE PAS, SURTOUT PAS DANS NOTRE NOURRITURE.

De derrière mon dos, on avance doucement une bouteille de ketchup à côté de mon assiette. Je lève la tête. La fille se tient à côté de moi.

— J'ai pensé que ça pourrait t'être utile.

— Sans ça les frites ne sont plus des frites, dis-je en saisissant la bouteille.

— C'est le mélange sucré et salé, acquiesce-t-elle. Et puis, ce sont les meilleures frites en ville.

— Est-ce que tu viens souvent ici?

En m'entendant prononcer ces paroles,

j'aimerais bien m'enfoncer cinquante frites en même temps dans la bouche. Quelle formule d'approche stupide !

Mais elle ne semble pas le remarquer.

— Presque tous les jours. Je vais à l'École des beaux-arts juste au bout de la rue. (D'un signe de tête, elle approuve le contenu de mon assiette.) C'est plus sage de s'en tenir à des choses simples. Une fois, j'ai essayé la moussaka, et c'est une décision que je regretterai toute ma vie.

Elle prononce ces paroles d'un ton solennel, mais termine en faisant une grimace, et je ris. La serveuse sort de la cuisine avec l'assiette de la jeune fille.

— Est-ce que je te sers ça ici ? demande-t-elle en désignant le comptoir.

La fille hésite. Une voix à l'intérieur, une voix que j'ignore habituellement lorsqu'il s'agit de filles, me dit : « Vas-y Ryan, fonce ! » Je propose d'une voix légèrement chevrotante :

— Est-ce que tu voudrais t'asseoir ?

Elle sourit.

— Je déteste manger seule.

Elle fait signe à la serveuse et se glisse sur la banquette en face de moi.

D'accord, il faut que je me répète : une fille sublime vient de s'asseoir en face de moi. De son gré.

Ça commence à être une sacrée journée.

Ce n'est pas une beauté classique. Son nez est un peu fort, mais s'harmonise très bien avec ses yeux et ses lèvres pleines. Elle ne ressemble à personne que j'aie jamais rencontré.

Elle verse une mare de ketchup dans son assiette. Elle porte au poignet trois larges bracelets en argent qui tintent dès qu'elle agite la main.

— Je m'appelle Sabrina Seringo, dit-elle en grignotant une frite.

— Ryan Corrigan, je réponds avant de réaliser que je n'aurais peut-être pas dû.

— Est-ce que tu vas, toi aussi, à l'École des beaux-arts ?

— Non, mais je m'intéresse beaucoup à l'art.

Oui, oui, bien sûr ! Ma mère a bien déjà essayé de me traîner aux musées, mais, pour moi, l'art se limite à une bande dessinée de Superman.

Elle hoche la tête et mord dans son hamburger. Une fois qu'elle a avalé, elle précise :

— Je me spécialise en photographie, en fait. Je m'intéresse surtout à la photo numérique. C'est un nouveau domaine que l'on commence tout juste à explorer.

Qu'en pensez-vous ? Je rencontre une superbe étudiante en art, et elle est numérique ! Vous parlez d'un coup de chance !

— Je ne connais pas grand-chose à la photo numérique, mais je m'intéresse beaucoup aux ordinateurs. De quoi s'agit-il exactement?

Sabrina semble sur ses gardes.

— Est-ce que ça t'intéresse vraiment?

— Absolument.

— Ouah! tu vas le regretter!

Puis elle sourit.

Elle m'expose les possibilités numériques en photographie tout en mangeant. Elle parle de couleur, de perspective et d'image. Elle agite son hamburger au fromage en parlant, et prend d'énormes gorgées de soda. Elle me plaît de plus en plus.

Je dois vous avouer quelque chose. J'ai été plutôt honnête au sujet de mon peu de succès avec les filles. Mais ce n'est pas tout à fait de leur faute. Ce n'est pas seulement comme si elles ne m'accordaient pas un regard juste parce que je ne suis pas le plus beau pétard en ville. C'est aussi parce que, quand je commence à leur parler — je devrais plutôt dire quand j'essaie de commencer à parler —, je fais des trucs comme lacer et délacer mes souliers de course, tripoter continuellement le lobe de mon oreille, ou rentrer et sortir mon tee-shirt de mon pantalon. Et je fais tout ça sans m'en rendre compte. Je ne tiens pas en place. Je dis des choses que je ne dirais jamais si je n'étais pas sur le mode filles. Des choses comme: «Ouah! c'est suuuuuuper! et *Cool, cool, cool!*»

Je perds tous mes moyens.

C'est pour ça que le fait de me retrouver attablé avec une fille et d'arriver à prononcer des mots de plus de deux syllabes est déjà, en soi, vraiment extraordinaire.

— J'aurais bien aimé te montrer des exemples de ce que je te raconte, dit Sabrina en aspirant la dernière gorgée de son soda. Mais je viens de quitter mon dortoir pour l'été, et toutes mes affaires sont dans des boîtes qui sont entreposées.

— Dommage, je dis. Mais, de toute façon, je quitte la ville. Je crois.

— Qu'est-ce que tu veux dire?

Alors qu'elle se penche pour attraper une serviette en papier, j'aperçois la peau bronzée dévoilée par son encolure en V.

Je m'empresse de répondre avant de rougir exagérément.

— Je suis censé être dans l'avion pour la Californie en ce moment même. J'ai raté mon vol. J'ai rien dit à ma mère. Elle serait furieuse si elle l'apprenait.

C'est à peu près la vérité. J'ai seulement omis de raconter environ quatre-vingt pour cent de l'histoire.

— Je suis sûre qu'elle comprendra, dit Sabrina. Enfin, non. Qu'est-ce que je raconte? Ma mère deviendrait enragée. Elle pourrait monter sur un ring avec Conan le barbare et gagner.

Je fais une grimace.

— En plus, c'était un billet non remboursable et nous ne roulons pas précisément sur l'or en ce moment.

Sabrina hoche la tête.

— Tu devrais voyager comme moi! Pas cher! Je vais jusqu'en Californie et ça ne va pas me coûter un cent.

— C'est quoi ton secret? je lui demande, intrigué.

— Je garde des enfants, répond Sabrina. C'est pas mon occupation préférée, loin de là! Mais tout ce que j'ai à faire, c'est de moucher le nez de deux jumeaux et de leur lire des histoires pendant dix jours, et je me retrouverai sous le soleil de San Diego pour l'été. Ma mère vit là-bas à présent.

Sabrina étend le bras et me pique ma dernière frite. Elle l'enrobe de ketchup.

— Les parents des jumeaux, les McDoogle, sont des amis de ma mère. Ils sont plutôt imbéciles, mais c'est pas grave!

Sabrina mange ma frite. Il reste un peu de ketchup sur sa lèvre. Elle l'enlève avec sa langue.

— Si tu rencontres d'autres McDoogle, présente-les-moi, dis-je en la regardant.

Je n'aurais jamais imaginé qu'il pouvait être aussi fascinant de regarder quelqu'un mastiquer.

— Il n'y en a pas d'autres comme eux, dit-elle. Attends une minute ! Je viens d'avoir une brillante idée. Pourquoi ne viendrais-tu pas avec moi ? Les McDoogle ont une autocaravane ; ce n'est la place qui manque. Ils payent toute la nourriture et les dépenses. Et, au départ, ils m'avaient dit d'amener mon copain.

Sabrina fronce les sourcils.

— Heureusement, nous avons rompu avant que je le lui propose. Qu'est-ce que t'en dis ?

J'hésite un peu. Je ne connais pas du tout ce couple. Et cela ne plairait sûrement pas à ma mère.

— Crois-moi, j'apprécierais la compagnie de quelqu'un de normal, poursuit Sabrina. Les McDoogle sont d'insupportables imbéciles heureux, toujours de bonne humeur.

En tout cas, cela résoudrait tous mes problèmes. D'abord, je pourrais me rendre en Californie sans dépenser un cent. Mais, le mieux, c'est que je pourrais ainsi disparaître de la circulation.

Sabrina regarde sa montre.

— Nous devons partir dans environ une heure. Je faisais seulement le plein de *junk food*. Tina n'est pas très bonne cuisinière. Est-ce que tu veux venir faire la connaissance des McDoogle ?

— Oui, bien sûr. Pourquoi pas ?

7//Drôles de
rossignols

Sabrina m'attend à l'extérieur alors que je me suis arrêté dans un café Internet, appelé « Le Branché », pour envoyer un message électronique à Lily. Je lui ai dit que j'avais décidé de prendre une voie plus lente vers la Californie, mais que j'allais bien. Je lui ai également demandé de dire à ma mère de ne pas s'inquiéter.

Ça, il ne faut pas trop y compter ! Mais, au moins, je serai en Californie dans moins de deux semaines, et elle ne s'inquiétera pas trop longtemps. J'essaierai d'envoyer un autre message à Lily une fois sur la route.

Nous passons prendre le sac de Sabrina dans l'entrée de son dortoir et nous nous rendons chez les McDoogle.

Leur maison n'est pas difficile à repérer

puisqu'une autocaravane est garée dans l'allée et qu'il y a des valises empilées sur la pelouse. Un homme et une femme dans la quarantaine, un peu ronds et vêtus d'une chemise hawaïenne et d'un short, consultent une carte. Ils ont tous deux les cheveux poivre et sel, des taches de rousseur et une peau très blanche. En nous voyant approcher, ils nous accueillent avec exubérance.

— Bribri ! s'écrient-ils en même temps.

— Mais c'est notre Charlie's Angel à nous ! ajoute la dame.

— Avertissement, me glisse Sabrina, si tu as le malheur de m'appeler Bribri, je te balance sur l'autoroute.

Nous nous avançons et Sabrina me présente.

— Alors, c'est lui ton copain, Sabrina, glousse Tina. Mon Dieu qu'il est grand !

— Comment est la température là-haut ? dit Bud en riant.

— Je sais que j'avais dit qu'il ne viendrait pas, explique Sabrina. Mais Ryan a changé ses projets à la dernière minute et je me demandais s'il pouvait venir avec nous.

— Ab-so-demment ! s'écrie Tina.

— É-vi-lu-ment ! renchérit Bud. Ravi de vous avoir à bord de notre McMobile ! dit-il en flattant le véhicule.

— Plus on est de fous, plus on rit, rajoute

Tina. Maintenant, je vais vous présenter Kaylen et Kyle. (Elle se retourne vers la maison.) Kaylen! Kyle! Venez ici immédiatement!

Deux versions miniatures de Bud et de Tina se précipitent en courant dans l'allée. Les jumeaux de huit ans portent la même chose, un tee-shirt orange et un short vert écossais. Puis leur coupe de cheveux est identique. J'ai l'impression que je n'arriverai pas à distinguer la fille du garçon. Ils me serrent poliment la main à tour de rôle et repartent en courant.

— Ils adorent les gens! fait Tina avec un sourire rayonnant.

— Alors, mon garçon, où sont tes affaires? me demande Bud. Je suis en train de charger les bagages.

— Tout est là-dedans, dit Sabrina en pointant son sac plein à craquer.

Sabrina et moi avons parlé, en chemin, de mon absence de bagages et nous avons décidé de dire que nous partagions le même sac. Sabrina a plein de grands tee-shirts que je pourrai lui emprunter. En route, nous avons fait un saut dans une pharmacie pour m'acheter une brosse à dents et des sous-vêtements. «Voyager avec peu de bagages», c'est ma devise, vous vous souvenez?

J'aide Bud à charger l'autocaravane tandis que Sabrina place les bonbons, les albums de bandes dessinées et les jouets des enfants à portée de la main, à l'intérieur. Tina dispose des cassettes à l'avant tout en criant des instructions à Bud quant à la place de chaque valise. Il lui faut décharger le véhicule trois fois, car elle a oublié de lui préciser qu'elle voulait garder près d'elle la petite valise rouge écossaise, ou le sac jaune en nylon. Finalement, nous sommes prêts à partir.

Je m'assois près de Kaylen et de Kyle. Sabrina s'installe à côté de moi. Tina prend le siège du copilote devant moi et Bud passe derrière le volant.

Il recule prudemment dans l'allée. Les rues familières défilent alors que nous nous dirigeons vers l'autoroute. Je suis soudain pris de panique : ai-je fait la bonne chose ? Après tout, je ne connais pas ces gens. Tout ce que je sais de Sabrina, c'est qu'elle aime le ketchup.

Mais je ne suis pas obligé de leur faire confiance. Il me suffit de me laisser conduire.

Bud et Tina mettent une casquette de baseball, et la pancarte indiquant l'autoroute vers l'ouest apparaît. Je ressens une petite poussée d'excitation lorsque Bud s'engage sur la bretelle d'autoroute. Ça y est, je suis vraiment parti !

Dès que Bud a atteint sa vitesse de croisière dans la voie de droite, Tina se retourne en brandissant une cassette.

— Prêts ?

— Prêts pour quoi ? je demande.

À côté de moi, Sabrina étouffe un grogne-
ment.

— J'espère que tu connais les paroles ! me
lance Tina par-dessus son épaule en mettant la
cassette.

La mélodie de *La croisière s'amuse* jaillit dans
le véhicule. Tina et Bud connaissent les paroles
par cœur. Même les enfants les connaissent !

— J'ai oublié de signaler un détail majeur, me
souffle Sabrina. Les McDoogle sont des fanatiques des séries télévisées des années soixante et
soixante-dix. Ils ont une cassette avec toutes les
musiques de génériques.

Après l'air de *La croisière s'amuse*, c'est au tour
de celui des *Joyeux Naufragés*. Bud et Tina
chantent en harmonie.

Avec une grimace de dégoût, Sabrina se détourne pour regarder par la fenêtre. L'un des
jumeaux — soit Kaylen, soit Kyle, je ne sais pas
lequel — commence à réclamer des bonbons.

D'accord. Être pris au piège dans une autocaravane avec deux rossignols chantonnant et deux
jumeaux pouvant pleurnicher dans la même
tonalité, ce n'est pas vraiment ce que j'appellerais
le paradis. Mais au moins nous sommes en route.
Cela n'est déjà pas si mal.

8//Téléportez-moi à bord de l'Enterprise... s'il vous plaît!

À Memphis, Tennessee, je me demande si des bouchons dans les oreilles étoufferaient ces musiques de génériques. En Arkansas, je suis prêt à me jeter en bas de la voiture en marche. Les McDoogle déprimeraient les plus optimistes. Leur bouche est constamment en mouvement. Il y en a toujours un qui lit à haute voix un livre intitulé: *Petites anecdotes sur notre grande nation* tandis que l'autre conduit, ou bien ils chantent en chœur sur l'une des six séries de cassettes intitulées: *Les grands classiques de la télévision.*

Quelque part entre l'Arkansas et la civilisation, je commence presque à souhaiter tomber malade, juste pour me changer les idées.

— Je suis vraiment désolée, me dit Sabrina

sur le terrain de camping. Je ne savais pas qu'ils étaient horribles à ce point-là. Je t'en dois une. Ils sont vraiment bizarres.

Je fredonne l'air de *La quatrième dimension* et Sabrina fait une grimace de dégoût.

— Je t'en prie, chuchote-t-elle. Promets-le-moi. Plus de musique de générique. Jamais !

— Bien sûr, Bribri.

Et elle me frappe.

Non seulement Bud et Tina semblent venir d'une autre planète, mais Kaylen et Kyle sont les enfants les plus étranges que j'aie jamais vus. Ils sont tellement ennuyeux qu'ils me rendent fou. Ils jouent à nommer les capitales des États pendant des heures ou bien fredonnent des chansons sans aucune mélodie et sans aucun rythme.

Dans l'Oklahoma, je décrète que je préférerais lécher l'éponge de la salle de bains plutôt que d'être prisonnier de la McMobile une seconde de plus. Si le vaisseau *Enterprise* s'approchait de l'orbite terrestre, je supplierais l'équipage de me téléporter à bord, sans aucune hésitation.

Les McDoogle sont cependant utiles. Ils servent de lien entre Sabrina et moi. Dès que Tina se met à chanter, ou que Bud se met à lire, Sabrina et moi échangeons des regards qui en disent long. Et je ne suis certainement pas contre les échanges de regards avec les plus jolis yeux bleus de la planète.

Chaque soir, lorsque nous arrivons dans un camping, Sabrina et moi nous portons volontaires pour les corvées. Nous allons chercher de l'eau ou du bois pour le feu. Nous faisons même le lavage dans les campings où il y a une buanderie. Tout pour échapper à cette folie.

Au cours de ces soirées, je découvre à quel point nous nous ressemblons. Nous aimons les mêmes films, les mêmes livres, et nous accordons aux Cheerios la supériorité sur toutes les autres céréales connues de l'être humain. C'est une vraie symbiose de l'esprit.

Un soir, Sabrina me raconte comment se sont passées ses études secondaires alors que nous sommes dans la buanderie et qu'elle est assise sur une laveuse en train de grignoter des bretzels.

— Écoute, si tu penses que tes années de secondaire ont été terribles, tu devrais entendre ce que j'ai à raconter, dit-elle en pointant un bretzel dans ma direction. J'ai passé des mois, même des années, à essayer de m'adapter. Et puis j'ai compris qu'à la fin de mon secondaire, je n'aurais plus rien à voir avec ces guignols. Alors pourquoi faire tant d'efforts?

— À l'école, on veut à tout prix que l'on se

mêle aux autres, dis-je de façon sinistre. Même à des gens que l'on méprise.

Sabrina grogne.

— Ça vient de l'eau. Celle des fontaines près du gymnase. Ils te font faire des exercices qui te donnent chaud, te font suer et te donnent soif, puis ils te font avaler des produits chimiques qui détruisent toutes les cellules du cerveau consacrées à l'indépendance et à la créativité. C'est pourquoi ceux qui ne mettent jamais les pieds dans un gymnase, et ne boivent pas aux fontaines, passent mieux à travers leurs études.

Je ris. Elle me tend un bretzel.

— Les élèves les plus *cool* ne sont jamais vraiment *cool*, poursuit-elle. Ce sont eux qui finissent avec des petits boulots et des vies minables. Ce sont les exclus qui font des choses plus tard. Je parie que Napoléon était nul en géométrie. Je parie même qu'il était nul en français, lance-t-elle alors que ses yeux bleus pétillent.

— Alors, pourquoi ça ne s'est pas bien passé pour toi au secondaire ?

Sabrina mâchonne bruyamment en réfléchissant.

— Eh bien, mon père est un vieux hippie, avant tout. Je suis née à Berkeley, en Californie, et nous avons beaucoup déménagé.

— Nous aussi ! Presque tous les ans lorsque

j'étais à l'école primaire. Dans combien d'États as-tu vécu ?

— Sept, dit Sabrina. Non, huit ! J'avais oublié le Montana.

— Neuf, dis-je modestement.

— Ça alors, tu me bats.

— Seulement à cause de cette étape de trois mois dans le Wisconsin.

Sabrina saute sur le sol et retire les serviettes de la laveuse. Je l'aide à les mettre dans la sécheuse. Puis nous grimpons de nouveau sur nos perchoirs. Nous balançons nos jambes en faisant doucement cogner nos pieds contre le côté des laveuses. La porte de la buanderie est ouverte, et l'air de la nuit est chaud et parfumé. La vie n'est plus si terrible, tout à coup.

— C'est probablement pour ça que nous nous sommes liés d'amitié tout de suite, dit Sabrina. C'est presque cosmique la façon dont ça s'est passé ce jour-là. J'avais l'impression que je te connaissais déjà, ou quelque chose dans ce genre. J'ai senti que nous communiquions.

— Ouais ! je sais bien que nous avons partagé le ketchup. Sans parler des frites. Tu n'arrêtais pas de voler les miennes dans mon assiette.

Elle sourit.

— Alors j'ai une dette envers toi.

Elle me tend le paquet de bretzels. J'en prends un. La laveuse est délicieusement chaude sous nos jambes que nous balançons, et nos pieds font d'agréables bruits sourds sur l'appareil. Cela ne dure qu'un court instant, mais je sens que quelque chose bouge dans ma poitrine. Et je réalise, pour la première fois, qu'il y a peut-être une raison pour que j'aie un cœur.

C'est comme passer du câble en cuivre au câble coaxial. En un rien de temps, une grande prise de conscience peut avoir lieu. Ma logique linéaire vole en éclats. Hop!

Avez-vous déjà observé le filament briller à l'intérieur d'une ampoule? Un orange incandescent entouré par du verre pâle et opaque. La tension a soudain du sens, une couleur.

L'amour est exactement comme ça. Sabrina brille près de moi. Si elle était une source d'énergie, il faudrait inventer un tout nouveau système de mesure. Il n'y aurait plus d'ampoules de cent watts. Seulement des lumières laser Sabrina.

Dès le lendemain, le destin se manifeste. Nous avons déjà traversé tout l'Oklahoma lorsque cela se produit.

Bud se rebelle finalement contre la cuisine de Tina.

— Pas encore des sandwichs au saucisson de Bologne! s'écrie-t-il alors que Tina lui annonce le menu du dîner.

— Avec du beurre et du ketchup, comme tu les aimes, fait Tina, vexée.

— Beurrkk! font les jumeaux en chœur.

— Chérie, dit Bud, je ne suis pas en train de me plaindre de ta cuisine. Je te jure que non. Mais il me faut un steak. Nous allons nous arrêter dîner quelque part.

— Mais où ça? gémit Tina. Nous sommes dans un trou perdu. Je me méfie de ces *fast food*.

Comme s'il était possible d'avaler quelque chose de pire que sa cuisine!

— Ici! indique Bud en montrant un panneau.

On y voit la photo d'une gentille famille en train de manger une pointe de tarte pendant qu'un chien noir et blanc attend les restes. En haut, en rouge, on lit: BLUEBONNET CAFÉ — LA CUISINE FAMILIALE QU'IL VOUS FAUT!

Bud appuie sur l'accélérateur, et nous arrivons au café juste à temps pour le dîner. Nous sommes les seuls clients et nous demandons tous le plat du jour: du poulet avec des pommes de terre en purée, sauf Bud qui prend un steak.

C'est délicieux! La serveuse nous apporte un pichet de thé glacé. Nous sommes tous tellement reconnaissants pour ce repas que nous mangeons sans dire un mot. La serveuse retourne regarder la télévision avec le cuisinier.

Je tartine de beurre mon petit pain de maïs. Cela fait tellement longtemps que je n'ai pas dégusté un bon repas que je compte bien faire durer ce dîner éternellement. La serveuse nous a déjà mentionné que l'on pouvait se resservir gratuitement.

Le son de la télé est très bas. L'émission intitulée *Vous pouvez attraper un bandit* est en ondes. La serveuse est en train de plier des serviettes et ne regarde pas. Le cuisinier bâille et prend un album de bandes dessinées.

Je coupe un morceau de poulet et le porte à ma bouche en fermant les yeux de bonheur. Lorsque je les rouvre, je vois ma photo de classe où j'ai l'air d'un idiot... sur l'écran de télévision.

La serveuse est toujours en train de plier des serviettes. Le cuisinier se passionne pour ses bandes dessinées. À notre table, tout le monde se concentre sur la nourriture. Je suis chanceux. Mais il suffirait qu'un des McDoogle relève la tête et il me verrait sur l'écran.

— Eh! crie tout à coup Bud en sautant sur ses pieds.

En essayant d'attraper le beurre, Tina a renversé tout son verre de thé glacé sur les genoux de son mari.

— C'est froid! dit-il en s'éloignant de la table.

Son verre en plastique bascule et le thé se

répand sur Kyle, qui se met aussitôt à crier également.

— Oh, mon Dieu!

La serveuse saisit une serviette et se précipite dans notre direction. J'enfile ma casquette et je la descends sur mes yeux.

L'émission doit tirer à sa fin. J'ai eu chaud! Personne n'a rien remarqué. Mais, à partir de maintenant, il faut que je redouble d'attention. Il va falloir que j'évite de me faire voir quand on va s'arrêter prendre de l'essence, ou même dans les campings.

Tout à coup, je remarque Sabrina. Elle tient une aile de poulet à la main. Elle regarde la télé, pétrifiée. Son visage reflète la stupéfaction, puis une horreur grandissante.

Elle sait!

9//De la tarte pour tout le monde

Sabrina se lève si brusquement que sa chaise heurte la table derrière elle.

Elle évite mon regard :

— Je, je... J'ai besoin de prendre l'air, dit-elle précipitamment en quittant la table.

La serveuse la regarde.

— Et ton dessert ? Il y a de la tarte.

Je me lève.

— Moi aussi, j'ai besoin de prendre l'air, dis-je en m'élançant à la poursuite de Sabrina.

— Mais tout le monde a de la tarte ! nous crie la serveuse.

Je rattrape Sabrina au milieu de l'allée qui longe le restaurant. Je lui prends le bras, mais elle se dégage.

— Lâche-moi ! crie-t-elle.

— Sabrina, attends, dis-je en essayant de la retenir. Laisse-moi t'expliquer...

Elle se retourne pour me faire face.

— Expliquer quoi? Que tu as menti? Que tu es un criminel recherché? Que tu n'es pas qui tu as prétendu être?

— Mais je suis le même! Exactement le même. Je me suis seulement attiré des ennuis, mais ce n'est pas ma faute...

— C'est ça, bien sûr! dit Sabrina en rejetant sa tresse derrière son épaule. Et tous ceux qui sont en prison sont innocents!

— Est-ce que tu ne pourrais pas m'écouter un peu? Je pensais que nous étions amis.

Une étincelle dans son œil me redonne espoir.

— Donne-moi cinq minutes. Je peux tout t'expliquer en cinq minutes.

Sabrina regarde sa montre.

— C'est parti! dit-elle.

Cela me prend dix bonnes minutes, mais elle ne m'interrompt pas. Son expression change lentement. Après une minute ou deux, elle cesse de me poser des questions et se contente d'écouter. L'expression de son visage me dit que je l'ai convaincue.

Finalement, je fais une pause.

— Est-ce que tu me crois?

Elle secoue la tête lentement, mais je vois qu'elle ne veut pas dire non.

— Je suppose que je te crois, Ryan, dit-elle. Mais c'est un peu dur à avaler. La Caravane du millénaire... ça sonne idiot. Et comment un tel groupe pourrait-il s'introduire dans les dossiers du FBI?

Je hausse les épaules.

— Je ne sais pas comment. Mais je me suis moi-même introduit dans des endroits assez secrets. D'ailleurs, même les agents du FBI considèrent que ces gars sont dangereux.

— Qu'est-ce qu'ils savent sur eux? demande Sabrina. Est-ce qu'ils savent où ils sont basés, ou qui est à la tête du groupe?

— Ils connaissent seulement une adresse électronique, je réponds. MestreFlorin.

— Ça sonne comme le nom d'un jeu informatique, pas comme quelque chose de réel, dit-elle. Qu'est-ce que tu as prévu de faire?

— Je vais essayer d'effacer mon nom des dossiers du FBI, avant tout. Je dois m'assurer que la Caravane n'a pas fabriqué des preuves contre moi en se servant de véritables criminels.

— Je comprends, dit Sabrina. Mais ils m'ont l'air d'être un groupe de pirates informatiques plutôt qu'une bande de criminels.

— Qui sait ce qu'ils sont? Tout ce que je sais, moi, c'est que je dois me rendre en Californie.

Sabrina reste silencieuse. La brise soulève une

mèche de cheveux qui s'est libérée de sa tresse.
Elle me regarde dans les yeux un bon moment.
Puis, en me prenant la main, elle murmure :

— Je t'aiderai.

10//Rétroviseur

Les secrets, ce sont des choses que l'on garde pour soi. Ce sont des choses auxquelles on pense, ou des choses stupides que l'on a faites et que l'on voudrait garder ignorées de tous. Et ma règle de conduite a toujours été de ne jamais, absolument jamais, révéler mes secrets à quiconque.

Mais je dois admettre qu'après avoir tout raconté à Sabrina je me suis senti soudain plus léger de cinq kilos. Comme si mon histoire avait véritablement un poids réel, comme si c'était un paquet que je lui avais demandé de transporter pendant un moment pour moi. Elle l'a glissé sous son bras et a continué d'avancer.

La plupart des gars rencontrent la fille idéale dans un club ou sur la plage. J'ai trouvé la mienne en échappant au FBI.

L'amour, ce n'est pas comme je pensais. Ça ne se déroule pas d'une façon linéaire, comme une histoire. Ça vous tombe dessus, d'un seul coup. Rien n'a de sens, mais je m'en moque. C'est comme lorsque vous regardez un stupide film d'action hollywoodien : vous sauriez que l'histoire n'a aucun sens si vous vous arrêtiez pour y penser deux minutes. Mais vous êtes emballé, complètement captivé, et vous attendez la prochaine explosion.

Sabrina et moi retournons auprès des McDoogle. Nous passons le lendemain à élaborer un nouveau scénario : une fois que j'aurai réglé cette histoire de FBI, nous allons pouvoir nous voir cet été. Puis Sabrina laissera son collège et s'inscrira au mien.

Nous passons les longues heures ennuyeuses sur l'autoroute du Texas à discuter pendant que les enfants font la sieste et que Bud et Tina se lisent des *Petites anecdotes*. Nous traversons la frontière du Nouveau-Mexique en direction d'Albuquerque. Le paysage change à mesure que nous avançons vers l'ouest. Des fleurs sauvages parsèment le paysage et, au coucher du soleil, les roches s'embrasent de rouge. Même les McDoogle semblent sensibles au paysage. Ils ont éteint le lecteur de cassettes et ont même cessé de parler.

— J'ai une idée, annonce Bud. Nous devrions quitter l'autoroute et explorer les petites routes de campagne. Cela va nous rallonger d'une journée, mais nous allons voir du pays. En plus, nous pourrons ainsi arriver à Santa Fe plutôt qu'à Albuquerque. On vote?

Nous votons oui à l'unanimité. Au point où nous en sommes, rien ne presse.

Les montagnes violettes se rapprochent. Le ciel est immense et du bleu le plus limpide qu'il m'ait été donné de voir. Tout le monde se tient tranquille et apprécie la vue.

— Le paysage est incroyable, me chuchote Sabrina. Le Nouveau-Mexique est un endroit tellement spirituel.

— Je ne te le fais pas dire. S'il peut faire taire les McDoogle, il doit avoir un pouvoir énorme.

Le lendemain matin, je remarque la présence d'une camionnette rouge derrière nous. Au début, je n'y prête pas vraiment attention. Kyle nous a fait changer de place, Sabrina et moi, et je suis assis derrière Tina. Je peux voir dans le rétroviseur du passager. J'ai remarqué la camionnette au début de la journée. Mais elle est encore là après notre arrêt pour dîner, et même une fois que l'on a tourné pour prendre une nouvelle route secondaire. Par moments, elle disparaît, puis elle apparaît de nouveau, loin derrière. Je ne parviens jamais à apercevoir le conducteur, car la camionnette a des vitres teintées.

J'essaie de me convaincre que je suis paranoïaque. D'abord, je ne pense pas que le FBI se
lancerait à ma poursuite à bord d'une camionnette rouge. Ce serait trop voyant. Remarquez
que dans cette partie du pays, les camionnettes
pullulent! Peut-être qu'une camionnette ici, c'est
comme une limousine à Beverly Hills.

Bud quitte la route pour aller prendre de
l'essence. Au bout de quelques minutes, je vois la
camionnette dépasser la station-service et se perdre sur la route.

La paranoïa m'enlève l'appétit. Lorsque Tina
suggère que nous fassions le plein de provisions
au dépanneur attenant à la station-service, je ne
salive même pas.

— Je veux des *chips*, dit Kayle.

— Moi aussi, renchérit Kaylen. Crème sure et
oignons!

— Barbecue! dit Kyle.

— Du calme, dit Sabrina. Vous pouvez avoir
un sac chacun.

Les enfants courent joyeusement vers le magasin. Sabrina se retourne avant de descendre.

— Est-ce que ça va?

Derrière elle, j'aperçois la route vide. Pas de
camionnette. Personne à mes trousses.

— Oui, bien sûr, je réponds.

La bouche de Sabrina ébauche un demi-sourire.

— Hum! Hum! raconte-moi tout, Corrigan. Il se passe quelque chose.

— Simplement une petite frayeur, je réponds. Je pensais que quelqu'un nous suivait aujourd'hui.

Sabrina fronce les sourcils.

— Une voiture?

— Une camionnette rouge. On aurait dit qu'elle était toujours derrière nous.

— Peut-être que c'est quelqu'un qui va simplement à Santa Fe, fait remarquer Sabrina.

— Je suis sûr que c'est ça, je dis. C'est juste que Bud conduit à 30 kilomètres à l'heure. Tout le monde nous double, même les vieilles dames. Et ce gars-là nous a collé au train toute la journée.

Sabrina fronce les sourcils. Elle semble inquiète. Elle jette un coup d'œil par-dessus son épaule et étudie la route.

— Je suis sûre que ce n'est rien, dit-elle. Simplement des touristes qui prennent leur temps. Cela t'a fait peur. C'est bien naturel. Mais tu ne dois pas devenir parano.

Elle a probablement raison.

— Merci de me ramener sur terre. Maintenant, tu ferais mieux de te dépêcher. Kyle et Kaylen vont se mettre à crier d'un instant à l'autre. Ils sont à bout de patience.

Je regarde ma montre.

— Dix... neuf... huit...

— D'accord, d'accord, dit Sabrina en riant, j'y vais.

Elle se dirige vers le magasin. Je descends de l'autocaravane et je prends une grande bouffée d'air glacé. Nous sommes en altitude maintenant et la température a chuté d'au moins dix degrés. Nous avons tous sorti nos manteaux.

Je décide d'aller faire un brin de toilette dans de vraies toilettes, avec un vrai lavabo, et non le minuscule lavabo de l'autocaravane de Barbie. Je contourne la station-service et je manque de tomber raide mort.

La camionnette rouge est arrêtée à l'angle de la station-service. On ne la voit ni de la route ni de la pompe à essence. Et je réalise d'un coup d'œil que les toilettes ne sont pas de ce côté du bâtiment. Elles doivent être à l'intérieur, dans le dépanneur.

Ce qui signifie que le conducteur de la camionnette, quel qu'il soit, cherche à la dissimuler. La panique me fait dresser tous les poils du corps. Je recule d'un bond dans l'ombre lorsque s'ouvre la porte du conducteur. Tous les muscles tendus, je suis prêt à prendre mes jambes à mon cou.

Mais le conducteur se contente de descendre paresseusement. Il étire ses bras vers le ciel. Puis il pose ses mains sur le toit de la voiture et s'étire le dos. Il ressemble à un gars ordinaire qui porte un jean noir et une chemise bleue, avec des lunettes de soleil et une casquette de baseball bien vissée sur la tête.

Une casquette rouge délavée.

Comme celle du gars qui m'a fauché mon ordinateur portatif à l'aéroport.

Puis il ôte sa casquette pour s'essuyer le front. Il a les cheveux bruns et bouclés. Ses traits n'ont rien de particulier.

Pourtant, je le connais. Et ce n'est pas à l'aéroport que je l'ai vu. Mais où, alors ?

Le gars fait quelques pas pour se dégourdir les jambes. Il se penche, ramasse un caillou et le jette dans les buissons.

Et tout d'un coup, ça me revient.

Il s'agit du gars qui tondait la pelouse à côté de chez moi, en Caroline du Nord.

Et il ne fait pas partie du FBI. Quelque chose me le dit. Je ne connais pas grand-chose aux services de sécurité, mais je sais qu'un agent du FBI ne se promènerait pas tout seul au volant d'une camionnette. Et il n'essaierait pas de voler mon ordinateur, il me le confisquerait. Et il ne serait pas aussi peu en forme. Ce gars a indéniablement un gros ventre. Et, vu la façon dont il n'arrête pas de s'étirer, son dos doit le faire souffrir horriblement.

Et si ce n'est pas un agent du FBI, et qu'il me suit, cela signifie que j'ai quelqu'un d'autre à mes trousses.

Un des membres de la Caravane.

Je n'ai pas du tout réussi à les semer. Ils m'ont suivi tout le temps !

11//Caché à la vue de tous

Alors, qu'est-ce que je fais de cette information ?

Je fais ce que ferait tout brave Américain. Je panique.

Je me précipite à l'intérieur du dépanneur où Sabrina se tient près du présentoir de friandises avec les enfants. Je gesticule frénétiquement derrière la vitre en désignant l'autocaravane. Puis je m'y précipite.

Quelques secondes plus tard, la porte coulisse et Sabrina monte.

— Qu'est-ce qui se passe ? demande-t-elle essoufflée.

— Il est là ! La camionnette rouge est derrière la station-service. J'ai reconnu le chauffeur. Il attendait à ma porte en Caroline du Nord. Et c'est lui qui a essayé de voler mon ordinateur portatif !

Sabrina reste bouche bée.

— Est-ce que tu en es sûr? chuchote-t-elle comme s'il était tout près.

— Affirmatif.

— Est-ce que tu crois qu'il fait partie du FBI? Je secoue la tête.

— Je pense qu'il fait partie de la Caravane du millénaire. Il faut que je me sorte de là! Je peux peut-être faire semblant d'avoir des crampes, ou une crise d'appendicite, ou quelque chose de ce genre, et les McDoogle me conduiront dans un hôpital. Non, attends : tu n'as qu'à leur raconter que nous nous sommes disputés et que je t'ai dit que j'allais faire du pouce jusqu'en Californie...

— Un instant, Ryan, m'interrompt Sabrina. Ne nous énervons pas. Il faut réfléchir.

Elle prend sa tête entre ses mains et je regarde ses doigts alors qu'elle se masse les tempes en réfléchissant. Finalement, elle relève la tête, l'air déterminée.

— Pourquoi devrais-tu t'enfuir, Ryan? Tu as la couverture parfaite. Ce type ne va pas te coincer devant les McDoogle. Il est juste en train de te filer. Laisse-le faire.

— Le laisser faire?

— Où vas-tu aller? Si tu rassembles tes esprits, nous aurons le temps d'établir un plan d'ici à San Diego. La Californie est un très grand

État. Tu pourras disparaître sans laisser de traces une fois là-bas.

— Je suppose que tu as raison, mais c'est tellement effrayant de savoir qu'il est derrière moi, en train de m'observer.

— Je sais, dit Sabrina en frissonnant. Mais, Ryan, tu n'es pas tout seul. Je suis avec toi.

Alors, elle se penche vers moi et m'enlace. Je respire ses cheveux et je découvre à quel point ses bras sont forts. Et je sens mon cœur bondir de joie.

— Bon, je vais aller faire presser les McDoogle, dit Sabrina en s'extirpant du véhicule. Plus tôt nous fichons le camp d'ici, plus tôt nous arriverons là-bas.

Je regarde par la fenêtre Sabrina qui se hâte vers le magasin. J'aperçois seulement le sommet de sa tête alors qu'elle s'adresse à Bud en montrant l'autocaravane. Puis elle s'avance avec les enfants, les mains pleines de *chips*.

— Bud devait aller aux toilettes, me chuchote-t-elle. Nous allons partir dans deux minutes.

— Eh bien, mes enfants, vous avez des fourmis dans les jambes ! lance joyeusement Tina en bouclant sa ceinture.

Bud arrive un instant plus tard. Il ramène l'autocaravane sur la route. À mesure que les kilomètres défilent, je me sens mieux. Je n'arrête pas de regarder dans le rétroviseur, mais je ne vois pas la camionnette. C'est presque comme si j'avais tout imaginé.

Mais le paysage m'apparaît désolé tout à coup, à mesure que nous nous élevons dans ce «haut désert», comme nous l'a lu Tina. J'aurais préféré que Bud ne quitte pas la route principale pour «être en plein cœur de ce magnifique paysage». J'aimerais que nous soyons sur une autoroute surpeuplée, que nous nous arrêtions dans des campings surpeuplés d'enfants bruyants et de chiens en train de japper. Ce paysage sec et sauvage semble être l'endroit idéal où les ennuis peuvent vous tomber dessus avant de s'envoler au loin. Et personne n'en saurait jamais rien.

— La nuit tombe, annonce Bud des heures plus tard. Je suppose que nous devons nous arrêter ici. Ce n'est pas le Pérou, mais ça fera l'affaire !

Au début, nous avons bien l'impression que le camping est abandonné. Il n'y a aucune tente ou roulotte dans les emplacements situés sous les arbres. La porte du bureau est fermée et le rideau est baissé. Mais un homme sort tout à coup en nous regardant de travers.

— Bon, je suppose que c'est ouvert, dit Bud.

Il gare l'autocaravane sur un emplacement, puis se dirige vers le bureau.

— Nous allons faire un feu et nous installer confortablement, annonce Tina joyeusement.

Mais dégourdissons-nous un peu les jambes, d'abord.

Les jumeaux prennent leur ballon et sortent en courant. Sabrina et moi descendons avec précaution. Nous regardons la route de gauche à droite, mais elle est vide. Nous n'avons pas revu la camionnette depuis que nous avons quitté la station-service.

— Tu vois, murmure Sabrina. Tout va bien.

Kyle envoie le ballon à Kaylen. Elle crie d'excitation en l'attrapant et le renvoie à son frère.

Je suis négligemment des yeux le ballon. Il va très haut. Kyle s'éloigne pour l'attraper. Et, soudain, j'aperçois la camionnette rouge roulant à toute vitesse sur la route principale.

C'est bizarre de voir comment fonctionne l'instinct. Je devrais m'enfuir en sens inverse. Mais voyant la vitesse à laquelle elle fonce et voyant Kyle reculer sans regarder pour essayer d'attraper le ballon, mes jambes m'entraînent toutes seules, et je me précipite vers la route en criant.

Le conducteur de la camionnette rouge donne un coup de volant juste au moment où j'attrape Kyle. Je l'attrape comme s'il était lui-même un ballon de football. Il est petit et léger pour son âge. Je l'attire contre moi et je tombe à la renverse. Il tombe sur moi, me coupant la respiration. Rectifiant sa trajectoire, la camionnette rouge poursuit sa route.

Je demande à Kyle :

— Est-ce que ça va ?

On dirait qu'il est sur le point de laisser échapper un de ses hurlements de sirène.

Au lieu de cela, j'entends une vraie sirène. Une voiture de shérif prend le virage. Il devait être en train de poursuivre la camionnette rouge, mais lorsqu'il nous aperçoit par terre, Kyle et moi, il arrête son véhicule.

— Mon bébé ! s'écrie Tina en relevant Kyle, alors que Sabrina s'agenouille près de moi, ses yeux bleus remplis d'inquiétude.

— Est-ce que ça va ? demande-t-elle.

— Ryan, je n'oublierai jamais ce que tu as fait aussi longtemps que je serai en vie, me dit Tina, les yeux débordant de larmes. Tu as sauvé la vie de mon bébé.

Je remarque que j'arrive encore à respirer.

— Non, j'ai juste...

— Couru sur la route pour l'attraper, dit Sabrina en terminant ma phrase et en me faisant une grimace.

— Est-ce que tout le monde va bien ? demande le shérif en s'avançant.

Toujours assis sur le sol, je regarde simplement ses bottes. Je ne relève pas la tête et je prie pour qu'il s'en aille. J'espère que ce n'est pas un fan de l'émission *Vous pouvez attraper un bandit.*

— Heureusement, tout le monde est sain et sauf, dit Tina en berçant Kyle pour le calmer. Mon petit garçon a couru jusque sur la route et s'est presque fait frapper...

Kyle hoche la tête d'un air important, même si des larmes ruissellent sur ses joues.

— La voiture est arrivée, mais Ry...

— Oh! mon bébé!

Tina gémit, serrant Kyle contre elle de nouveau. Si elle ne fait pas attention, elle va finir par l'étouffer, cet enfant.

— Est-ce que c'était une camionnette rouge? demande le shérif.

Je risque un regard dans sa direction. Il observe Tina en fronçant les sourcils.

— Je n'ai rien vu, dit Tina. J'ai seulement vu mon bébé en danger.

— Je n'ai pas vu la voiture, dit Sabrina. Je regardais dans l'autre sens.

— Et toi, mon garçon? interroge le shérif en se penchant vers moi pour me regarder. Est-ce que tu l'as vue?

— Pas très clairement, dis-je en essayant de savoir si je dois dire la vérité. (Pourquoi pas, après tout? Pourquoi je protégerais la Caravane?) Mais, oui, c'était bien une camionnette rouge, dis-je pour finir.

Il hoche la tête. Il me dévisage fixement. Je baisse la tête de nouveau en faisant semblant d'épousseter mon jean.

— Alors, d'où venez-vous ? demande-t-il d'un ton anodin.

Mes nerfs sont en train de danser le twist. Ce gars marche lentement et parle lentement, mais je décèle une intelligence vive dans ses yeux. Les muscles sont tendus sous sa chemise kaki.

— Nous traversons le pays, répond Tina. Nous sommes partis de Caroline du Nord.

— C'est un très beau coin, dit le shérif sur le même ton badin.

Kyle commence à gigoter dans les bras de Tina. Kaylen s'amuse avec le ballon un peu plus loin.

— Par ici aussi, c'est très joli, répond Tina. C'est pour ça que nous avons quitté l'autoroute. Nous voulions visiter la région.

Le shérif jette un coup d'œil au camping.

— Il y a des endroits plus jolis à visiter, mais je suppose que vous les trouverez, dit-il.

Il m'observe de nouveau alors que je me relève.

— Rappelle-moi ton nom.

— Kyle ! se met soudain à crier Sabrina. Kaylen ! Tina, ils jouent encore sur la route !

Tina soupire.

— Ah! ces enfants! Shérif, j'apprécierais que vous leur fassiez un peu peur.

— Avec plaisir, dit-il en s'éloignant avec Tina.

Sabrina se rapproche de moi.

— Ne lui dis pas ton vrai nom, me chuchote-t-elle.

— Quoi?

— Ne le lui dis pas, souffle Sabrina. Pourquoi s'attirer des ennuis, Ryan? Si c'était un shérif zélé qui s'amuse à mémoriser la liste des dix personnes les plus recherchées par le FBI? Tu dois tout nier. Dis-lui que tu es David Wallaby de Seattle, dans l'État de Washington.

— Qui?

Sabrina suit le shérif des yeux. Je regarde par-dessus mon épaule. Il nous contourne et se dirige vers sa voiture. Je le vois vérifier quelque chose sur son ordinateur.

— Répète-moi ce que je t'ai dit, m'ordonne Sabrina de façon autoritaire. Dis-le: David Wallaby.

— David Wallaby, je dis. De Seattle, dans l'État de Washington, mais...

Elle me serre le bras.

— Fais-le, c'est tout, me souffle-t-elle brutalement.

Le shérif descend de sa voiture et se dirige vers moi.

— Alors, quel est ton nom? me demande-t-il.

— David Wallaby, je réponds.

— C'est drôle. Je pensais que le petit — le shérif pointe Kyle de son menton fort et viril — avait commencé à t'appeler autrement.

— Ramjet, dit Sabrina. Les enfants l'appellent David Roger Ramjet. C'est un surnom.

Le shérif hoche la tête pensivement.

— Je vois. C'est probablement un simple malentendu. Mais il vaut toujours mieux éclaircir ce genre de choses, vous ne croyez pas? Vous passez la nuit ici, c'est bien ça?

— Ça n'a pas encore été décidé pour sûr, je réponds.

— Parce que tu corresponds à la description de quelqu'un que je devrais rechercher, poursuit le shérif comme si je n'avais pas parlé. Alors, j'apprécierais beaucoup que tu viennes avec moi au poste pour quelques minutes. Est-ce tu peux faire ça?

En réalité, il ne me pose pas une question. Il me donne un ordre.

Alors, j'accepte.

12 // Incarcération

L'édifice est petit et fait de blocs de ciment. Il consiste essentiellement en une salle d'attente où le bureau du shérif adjoint est accolé au mur près de la porte d'entrée. Celui du shérif se trouve dans le couloir qui conduit au stationnement.

J'attends sur une chaise inconfortable pendant que le shérif va dans son bureau et tire la porte derrière lui. Il est probablement en train d'appeler le FBI.

J'essaie de sourire à l'adjoint de l'autre côté de la pièce, mais celui-ci se contente de m'ignorer. C'est un type maigrichon avec un gros ventre, un peu chauve, qui doit généralement essayer de dissimuler sa calvitie sous un chapeau de cow-boy. C'est sûrement de là que lui vient la ligne rouge qui barre son front. Ses chaussures semblent trop petites, car il les a retirées et se frotte les pieds. Ce sont des bottes de cow-boy en peau de serpent. Je me demande bien comment il arrive à poursuivre quiconque là-dedans. Remarquez qu'on ne doit pas avoir à courir à la poursuite de criminels aussi souvent que ça à Four Guns, au Nouveau-Mexique.

Puis le shérif Dupree passe la tête par la porte et me fait signe de venir dans son bureau.

— Alors, David, est-ce que je pourrais voir ton portefeuille?

— Mon portefeuille?

— Tes papiers.

Je déglutis.

— J'attends.

Je porte la main à la poche arrière de mon jean. Mais mon portefeuille n'y est plus! Déconcerté, je fouille l'autre poche, puis les poches avant.

— Il y a un problème? demande le shérif.

Je dois au moins lui accorder ça : rien ne le surprend.

— J'ai dû le laisser dans l'autocaravane. Ou je me le suis fait voler.

— Je vois. (Le shérif baisse les yeux sur un dossier posé sur son bureau.) J'ai appelé le FBI à Albuquerque. On envoie quelqu'un pour une identification dès que possible. Mon ordinateur est en panne. Alors, si tu es réellement David Wallaby, tu en seras quitte pour une bonne attente. Si ce n'est pas le cas (il relève les yeux), tu es dans de mauvais draps.

— Et qui suis-je censé être?

— Ryan Corrigan. Une espèce de criminel informatique. Ça te dit quelque chose?

— Non, monsieur.

— Bon. Tu veux un café en attendant?

— D'accord, dis-je, même si je n'aime pas le café.

Je pense que je ferais mieux d'accepter son hospitalité. Peut-être qu'il va s'adoucir. Mais j'en doute!

Il en verse deux tasses et m'en tend une. C'est un café noir.

— Désolé, dit-il. Il n'y a pas de lait aujourd'hui.

— C'est pas grave, dis-je poliment.

Je prends ensuite une gorgée du café le plus chaud et le plus fort que j'aie jamais bu. Je suis pris d'une grosse quinte de toux, ce qui est plutôt gênant. Puis je me dis que ça doit lui montrer quel genre de mauviette je suis. Comment pourrais-je être un criminel dur à cuire si je ne suis même pas capable d'avaler une tasse de café?

Mais il se contente de me tendre des sachets de sucre et me dit d'attendre dehors.

J'attends, assis dans le couloir pendant près de deux heures. C'est pire que la détention. Peut-être que son ordinateur est vraiment en panne. Ou peut-être essaie-t-il juste de me donner des sueurs froides. On fait toujours le coup aux méchants à la télé.

Évidemment, je ne suis pas un méchant. Mais le FBI pense que je le suis. Sauf que je prétends être quelqu'un d'autre. Alors, je ne devrais pas avoir de sueurs froides du tout. Mais j'en ai. La particularité des postes de police, c'est qu'ils vous donnent l'impression d'être Jesse James même si vous n'avez rien à vous reprocher.

Au camping, les McDoogle sont probablement en train de se demander ce qui se passe. Ils ont promis d'attendre jusqu'à ce que tout soit réglé. Sabrina m'a fait signe avec le pouce que tout allait bien alors que la voiture du shérif m'emportait.

Le shérif sort la tête.

— Cela ne devrait plus être bien long à présent. Encore un peu de café?

— Oui, avec plaisir, dis-je, bien que mon estomac soit encore en train de protester contre le premier.

Cela me donne au moins l'occasion de m'étirer les jambes pour me rendre jusqu'à la cafetière.

J'entre dans son bureau et je lui tends ma tasse. Mais avant qu'il ait le temps de la remplir, nous entendons du vacarme à l'extérieur. (C'est Sabrina que j'entends.)

— Mais je dois le voir. Tout de suite!

On frappe à la porte ouverte, et l'adjoint pointe son visage morose.

— Désolé de te déranger, Rafe. Mais il y a une jeune fille dehors qui dit...

— Sabrina Seringo, annonce Sabrina, surgissant dans le bureau.

Elle pose mon portefeuille devant le shérif.

— David a laissé ça dans l'autocaravane.

Le shérif n'y jette même pas un regard. Il fait un signe de tête à son adjoint.

— Merci Will, je vais m'en occuper. Et remets-moi ces bottes, s'il te plaît !

Puis il se retourne vers Sabrina.

— Et vous êtes ?...

— Sa petite amie, répond Sabrina avec une voix d'une infinie patience. Nous traversons le pays avec les McDoogle. En nous occupant des jumeaux, nous bénéficions du voyage et de l'hébergement gratuits.

— Il me l'a dit, dit le shérif en ouvrant le portefeuille.

Je lance un regard à Sabrina. Qu'est-ce qu'elle a en tête ?

— Le père de David devrait vous appeler d'un instant à l'autre, shérif Dupree, poursuit Sabrina. C'est un avocat de Seattle. Un avocat très connu. Il aimerait savoir pourquoi vous retenez son fils quand vous n'avez aucune charge contre lui.

Le shérif Dupree semble ne pas faire attention à Sabrina, mais je suis sûr qu'il l'écoute. Il ne se laisserait pas intimider de toute façon. Il regarde le permis de conduire qu'il tient à la main. Puis il le jette sur la table, sous mes yeux. J'aperçois ma photo à côté du nom de David Wallaby.

Je suis tellement surpris que je manque de me décoller de mon siège. Sabrina pose la main sur mon épaule.

— Est-ce que ça va, David ? demande-t-elle. Il ne t'a pas fait de mal ?

Le shérif Dupree roule de gros yeux.

— Eh bien, le café était pas mal chaud, dis-je.

Sabrina me lance un regard qui signifie : « Ferme-la. » Le shérif recule sa chaise.

— Alors, est-ce que vous allez le laisser partir ? demande Sabrina en projetant son menton en avant (ce que je ne lui ai jamais vu faire). De toute évidence, dit-elle, il y a erreur sur la personne. Sans parler de l'avocat respecté et mécontent que vous allez vous mettre à dos.

— Je ne peux pas le laisser partir sans l'accord du FBI, explique le shérif Dupree.

— Alors pourquoi ne lui posez-vous pas la question ? demande Sabrina avec une douceur exagérée.

— Mon ordinateur est en panne.

— Peut-être qu'il fonctionne à présent, suggère Sabrina.

Sans se redresser sur sa chaise, le shérif enfonce quelques touches d'un seul doigt.

Fronçant les sourcils, il se relève. Il clique.

— On dirait que vous dites la vérité tous les deux. Le FBI demande de vous relâcher.

Je me lève, soulagé.

— Eh bien, ce fut fort plaisant. N'oubliez pas de nous écrire.

Sabrina me décoche un autre regard assassin. Le shérif nous dévisage tous les deux d'une façon qui me donne envie de prendre mes jambes à mon cou. On dirait qu'il devine que quelque chose cloche.

— Bon, eh bien, merci shérif, lance Sabrina joyeusement.

— Attendez un instant, dit le shérif en décrochant le téléphone. Je voudrais avoir une confirmation.

— Mais les McDoogle vont bientôt repartir, dit Sabrina. Nous devons partir avec eux.

— Ils peuvent attendre cinq minutes de plus, affirme le shérif en composant un numéro.

— Laissons-lui de l'intimité, David, souffle Sabrina en me poussant vers la porte.

Elle continue à me pousser au-delà des chaises et dans le couloir. L'adjoint nous voit. Sabrina sourit et lui fait au revoir de la main.

Juste à ce moment, on entend le shérif lancer :

— Garde un œil sur ces deux-là, Will !

L'adjoint nous regarde, la bouche béante. L'un de ses pieds est à moitié enfoncé dans sa botte de cow-boy. De toute évidence, il n'a pas des réflexes très rapides.

Sabrina me regarde.

— Cours, m'ordonne-t-elle.

— Quoi ?

Mais elle a déjà agrippé mon coude et me tire vers la sortie.

J'entends l'adjoint boitiller derrière nous, essayant de courir chaussé d'une seule botte.

— Hé ! crie-t-il.

Mais il est empoté, et nous sommes rapides. Sabrina ouvre la porte menant au stationnement et se précipite à l'extérieur. Je suis sur ses talons.

Il y a une jeep Cherokee noire garée à côté de la voiture du shérif. Sabrina saute à l'intérieur et cherche les clés dans sa poche. Où a-t-elle déniché cette jeep ?

— Monte ! crie-t-elle. Allez, vite !

Qu'est-ce que je peux faire d'autre ? Je monte.

Dans un crissement de pneus, Sabrina quitte le stationnement. Elle conduit vite, regardant sans cesse dans le rétroviseur.

— Oh ! merde !

J'entends le hurlement d'une sirène de police.

Je prie pour que ce soit l'adjoint Will, et non le shérif Dupree.

— Qui conduit?

J'essaye de voir derrière nous.

— Je pense que c'est le shérif, dit-elle en appuyant sur l'accélérateur. Merde!

— Je suppose qu'il n'a pas eu sa confirmation du FBI, dis-je, ironique.

— Ouais, fait Sabrina en tournant un coin de rue dans un autre crissement de pneus. Ou alors il a découvert que cette jeep est volée.

13//Destination soleil

— Prochain arrêt, l'Arizona, annonce Sabrina en faisant ronfler le moteur.

— Tu as volé un véhicule? C'est un véhicule volé?

— Tu te répètes, Ryan, dit Sabrina calmement. Maintenant, est-ce que tu pourrais te tenir tranquille? Je dois me concentrer sur la conduite. Je peux rejoindre l'autoroute dans une dizaine de kilomètres.

Cela m'apparaît comme une bonne suggestion vu que nous roulons à près de soixante kilomètres à l'heure et que le hurlement de la sirène se rapproche.

Alors, je m'adosse à mon siège et je laisse Sabrina conduire. Elle s'engage sur l'autoroute et se met immédiatement dans la voie de gauche. Elle n'arrête pas de regarder dans son rétroviseur.

— Il nous rattrape.

— Je sais. Nous devrions peut-être simplement nous arrêter. Je commence honnêtement à en avoir marre de fuir. Je suis prêt à baisser les bras. Comment est-ce que j'ai fait pour me retrouver dans un véhicule volé au Nouveau-Mexique?

Sabrina change encore de voie. Et je regarde dans le rétroviseur du passager.

— Sabrina, tu dois t'arrêter. Il est juste derrière nous!

— Accroche-toi! me dit Sabrina en passant en trombe devant une sortie.

Brusquement, elle donne un grand coup de volant vers la droite. La voiture s'élance par-dessus le bord de la chaussée et traverse le terre-plein central. Mes dents s'entrechoquent lorsque nous retombons violemment sur la chaussée de l'autre côté. Sabrina met le pied au plancher, et nous fonçons vers la bretelle.

— Voilà qui devrait le ralentir un peu, dit-elle.

Nous fonçons sur une route secondaire. Au bout d'un kilomètre, nous entendons de nouveau une sirène derrière nous.

— Pas de problème, lâche-t-elle entre ses dents serrées.

Elle se penche sur le volant pour essayer de voir devant. Je vérifie sur le côté, mais il n'y a aucun signe du shérif Dupree.

— C'est parti! crie soudainement Sabrina.

Cette fois, je me cramponne. Je m'accroche au tableau de bord alors que Sabrina quitte la route pour prendre une piste en mauvais état. Nous fonçons tellement vite que ma tête heurte le plafond.

Puis Sabrina tourne de nouveau pour emprunter une piste encore plus petite et encore plus accidentée. Elle est finalement forcée de ralentir, car nous butons sur des racines et nous devons parfois passer au travers des broussailles qui envahissent la voie. Puis elle arrête la voiture et baisse la vitre.

— Qu'est-ce que...

— Chut! m'interrompt-elle.

Elle sort sa tête par la fenêtre et prête l'oreille. J'entends la sirène au loin. Le son s'amplifie, puis meurt doucement dans le lointain.

— Laisse-moi te donner un tuyau, Ryan. Si tu dois piquer une voiture, choisis un modèle tout terrain à quatre roues motrices.

Elle rallume le moteur et repart.

— Bon. Comme dirait Spock, j'aimerais des explications.

Sabrina me lance un rapide regard enjoué.

— D'accord. Par quel bout je commence?

— N'importe où, lui dis-je. Par exemple: où as-tu appris à voler un véhicule?

— Je ne sais pas, répond Sabrina. Les clés étaient sur le contact. Et je me suis dis que nous aurions besoin d'un véhicule. Ne t'inquiète pas, Ryan. Nous pouvons l'abandonner quelque part et appeler le propriétaire pour lui dire où il se trouve. Les papiers sont dans la boîte à gants.

— Et comment as-tu obtenu des papiers au nom de David Wallaby?

Sabrina hausse les épaules.

— Je suis une adolescente. Et une adolescente sait que, dans toutes les villes, si petites soient-elles, il y a quelqu'un qui fait des faux papiers. J'ai dit à cette personne que je voulais amener mon copain dans un bar.

— Mais pourquoi David Wallaby? Je demande. Comment savais-tu quel nom utiliser?

— Je n'en savais rien. David Wallaby était le nom de mon copain au secondaire. C'est le premier nom qui m'est venu à l'esprit. Et maintenant, avec les ordinateurs, tu peux fabriquer des papiers d'identité au nom de qui tu veux. Et comme j'avais piqué ton portefeuille, j'avais ton permis de conduire. Nous avons simplement numérisé ta photo. Désolée que cela ait pris si longtemps.

— Pas de problème, dis-je, épaté.

— D'autres questions?

— Et les McDoogle?

— Je les ai avertis que nous allions être retenus pour un jour et que nous allions essayer de les rattraper à Flagstaff, explique Sabrina. Ils étaient complètement paniqués lorsque le flic t'a emmené, alors je pense qu'ils étaient bien contents de décamper. Ils en ont sûrement rien à faire qu'on se pointe à Flagstaff ou non.

— Alors, qu'est-ce qu'on fait maintenant?

Sabrina rit. Par la vitre restée ouverte, une brise glacée souffle sur ses cheveux noirs, les rabattant sur son visage.

— Nous roulons, lance-t-elle en me regardant. Ça y est, Ryan. Tu es hors de danger. Nous sommes libres. Tu ne peux pas reconnaître que l'on s'amuse follement?

— Si ça c'est s'amuser, je préfère m'ennuyer tous les jours.

Mais Sabrina n'est pas loin d'avoir raison. Je suis ravi d'être libre et de m'éloigner du danger à vive allure.

— Vieux grincheux. De toute façon, il n'y a pas de carte dans la voiture, mais si nous poursuivons vers l'ouest, tout ira bien! Tous en route, direction coucher du soleil!

Le soleil est comme une balle orange à l'horizon. Il illumine l'intérieur de la voiture. Je sens l'air froid, mais je perçois la chaleur de cette mare de lumière. Je n'ai aucune idée de ce qui se trouve derrière ou devant nous, mais je me sens d'attaque, alerte et en vie.

Voilà ma dernière pensée avant de sombrer dans le sommeil.

Cela doit être à cause de la tension que j'ai dormi aussi profondément, malgré les bonds de la jeep sur la route de montagne.

En me réveillant, j'aperçois le soleil écarlate entre les sommets. Le ciel est zébré de mauve et d'orange. Nous ne sommes qu'à quelques minutes de l'obscurité, gravissant en bondissant une route de montagne aussi large qu'un sentier de promenade.

Je bâille et m'étire.

— Où sommes-nous?

— Dans les montagnes Sangre de Cristo, dit Sabrina. À l'est de Santa Fe.

Je regarde les pins tongerosa, teintés de rouge. Je frissonne.

— Est-ce que nous ne devrions pas essayer de trouver un endroit où passer la nuit?

— Nous y sommes presque.

La mâchoire serrée, elle est assise bien droite et regarde devant elle avec attention.

— Presque où?

— Il y a un endroit là-haut où s'arrêter pour la nuit, me répond-elle d'une voix qui m'indique qu'elle m'écoute à peine.

— Je croyais que tu n'étais jamais venue au Nouveau-Mexique.

Sabrina ne répond pas. Tout d'un coup, je me rends compte que quelque chose ne tourne pas rond. Sabrina elle-même paraît différente, tendue, crispée. Ses mains sont agrippées au volant, et sa mâchoire avance et recule nerveusement.

Elle allume les phares. Ils éclairent une barrière de fils barbelés et un panneau :

N'APPROCHEZ PAS
DE LA BARRIÈRE ÉLECTRIQUE
CHIEN MÉCHANT

— On dirait qu'ils ne tiennent pas vraiment à avoir de la visite.

Sabrina ne répond pas. Elle arrête la jeep et descend. Elle va jusqu'au portail, se penche. Je la vois manipuler un genre de cadenas à combinaison. Le portail s'ouvre.

Sabrina remonte dans la voiture et allume le moteur.

— Qu'est-ce qui se passe ?

J'ai de plus en plus l'impression de parler tout seul. Sabrina semble ne même pas m'entendre.

Elle se dirige de l'autre côté du portail. Saute à terre. Referme le cadenas, puis se glisse derrière le volant et suit la route. Je me demande encore comment formuler une question à laquelle elle daignerait bien répondre lorsque j'aperçois des lumières au-devant.

— Où sommes-nous?

Finalement, elle consent à répondre, d'une voix douce.

— Quelque part où tu seras en sécurité.

Elle continue et gare le véhicule devant un étrange bâtiment tarabiscoté. De la lumière perce à travers les rideaux, et il y a une lampe allumée au dehors d'un portail de fer. À la lumière de ce faible éclairage, je n'aperçois que les ombres étranges projetées sur les murs. Je réalise que la maison est bâtie à partir de demi-pneus d'automobiles. Les interstices sont remplis de ciment.

— De quoi s'agit-il? C'est le vaisseau spatial de Goodyear?

Sabrina éteint les phares. Elle me serre le genou.

— Laisse-moi parler, d'accord? Nous n'aurons peut-être plus l'occasion d'être seuls de nouveau. Ryan, je tiens beaucoup à toi. Crois-moi s'il te plaît.

— Mais qu'est-ce que...

Elle serre mon genou de nouveau, et je me tais tant son expression est tendue.

— Crois-moi, dit-elle. J'ai fait ce que je pensais être le mieux. Je...

Soudain, des lumières s'allument. Je peux voir à présent que le bâtiment est grand, plus grand que je ne pensais. Puis j'aperçois, garée sous un arbre... la camionnette rouge.

— La Caravane! m'écrie-je. Tu m'as conduit chez les membres de cette organisation! Sabrina...

La lumière violente éclaire ses yeux pareils à de la glace sur un lac. Elle se tourne vers moi et me regarde sans expression.

Un homme grand et dégingandé surgit de derrière le mur d'enceinte. Ses cheveux sont argentés et il porte un jean noir et une chemise bleue. Il se dirige vers la jeep et ouvre la porte du conducteur.

— J'étais inquiet. Le scanner de la police disait que...

— Tout va bien. Nous avons réussi.

Les yeux de l'homme sont d'un bleu très très pâle, de la couleur du jean délavé, avec un éclat argenté. Comme ceux de Sabrina.

Elle descend de la voiture et se tient près de lui.

— Maintenant, dis-moi bonsoir, papa, dit-elle.

Il sourit.

— Bonsoir, Jérémie. Bienvenue chez toi.

14//Caravane du millénaire

Ma bouche s'ouvre et se ferme comme celle d'un poisson.

Jérémie?

— Comment s'est passé le voyage? demande l'homme.

— Quelques bosses sur la route, répond Sabrina-Jérémie! Mais plutôt bien dans l'ensemble.

Il la prend par les épaules.

— Bien joué, jeune fille!

Je les regarde tous deux, incrédule. Ils ont l'air si calmes. Si... normaux. Comme si elle revenait d'aller faire ses courses au supermarché et n'avait pas traversé le Nouveau-Mexique à toute allure pour échapper aux policiers en me mentant tout le long.

L'homme me regarde par-dessus l'épaule de Sabrina.

— Tu dois être Ryan. Bienvenue.

— Ryan, voici mon père, annonce Sabrina.

— Attends, ne me dis rien! Laisse-moi deviner, car tout cela est terriblement amusant : MestreFlorin.

L'homme me regarde calmement et poliment. Il sourit même.

— Tu peux m'appeler Cole, si tu préfères.

— En vérité, j'ai quelques noms en réserve. Kidnappeur, par exemple.

Il ne bronche pas.

— Ne juge pas avant d'avoir entendu notre histoire, dit-il d'une voix agréable. Bon, allez, vous êtes probablement affamés et frigorifiés tous les deux. Venez à l'intérieur.

J'aimerais refuser. J'aimerais croiser les bras et rester dans la voiture. J'aimerais arracher les clés à Sabrina et m'en aller au plus vite.

Mais comment passer le portail? Et, même si c'était possible, où irais-je? Je suis perdu en pleine montagne. Ils connaissent la région. Ils n'auraient aucun mal à me remettre la main dessus.

Je regarde Sabrina. J'aimerais tant qu'elle me regarde à son tour, mais elle contemple ses chaussures.

Je n'ai pas envie d'exploser. Je suis sur le point d'imploser. J'aimerais que tout mon corps se comprime, explose à l'intérieur, se transforme en particules de poussière emportées par le vent. Je serais en orbite autour de la Terre pendant des siècles. Je participerais à l'effet de serre. Je réfléchirais la lumière ; je créerais de spectaculaires couchers de soleil.

Je n'aurais plus de corps.

Je n'aurais plus de cœur.

Mais je n'implose pas. Alors, je les suis à l'intérieur.

Nous traversons une longue pièce ouverte avec des tables contre les murs, jonchées de matériel informatique. Il y en a même sur le sol. Il n'y a pas d'autres meubles, à l'exception d'un long banc devant l'un de ces foyers triangulaires que l'on voit dans le sud-ouest des États-Unis. Je peux sentir l'odeur du bois en train de brûler.

J'examine le matériel informatique. Cela m'a l'air d'être du sérieux. Très impressionnant. Du grand art.

Deux personnes sont en train de travailler dans un coin éloigné. J'aperçois l'éclat bleu des écrans.

— Notre principale salle de travail, explique Cole. Par ici.

Nous passons sous une porte basse pour

emprunter un long couloir. Les murs sont faits de ce même mélange de pneus et de ciment. Puis nous nous retrouvons dans une autre grande pièce, celle-ci meublée de trois longues tables. Des chaises sont alignées le long des trois tables. On dirait une cafétéria d'école ou de bureau.

À l'autre bout de la pièce, j'aperçois la cuisine ouverte. Deux personnes s'y trouvent en train de hacher et de cuire des aliments. Plusieurs personnes sont attablées dans le fond, devant des assiettes colorées. Il y a quelque chose d'étrange dans cette scène, et je comprends tout à coup ce que c'est. Premièrement, tout le monde porte un jean noir et une chemise bleue. Deuxièmement, personne ne parle, ou ne produit même un son.

— Nous sommes dans le secteur B, dit Cole. Salle à manger, buanderie, douches.

— Fascinant, dis-je.

Cole tire des chaises pour moi et... Jérémie! Ce n'est plus Sabrina, la fille que j'ai connue qui grimaçait et plaisantait; la photographe qui, je le comprends maintenant, n'a jamais tenu de sa vie un appareil photo dans ses mains, la fille qui m'a serré dans ses bras en disant: «Je t'aiderai.»

Elle s'est transformée en une créature nommée Jérémie. Je dois reformater tout ce que je sais d'elle.

Cole fait un signe à la femme dans la cuisine,

et elle acquiesce d'un mouvement de tête. Un moment plus tard, deux assiettes sont placées devant Jérémie et moi, ainsi qu'une carafe d'eau et deux verres.

— Enchiladas aux légumes et haricots noirs, annonce Cole.

L'odeur est incroyable. Le fromage grésille sur le dessus, et les haricots noirs sont apprêtés avec des oignons et des herbes. En fait, je meurs de faim. Jérémie plonge sa fourchette, mais j'hésite.

— Mange, dit Cole. Sona est une bonne cuisinière. Ce n'était pas une très bonne programmeuse. Alors, maintenant, elle se contente de faire la cuisine.

Je ne prends pas ma fourchette.

Cole hausse les épaules :

— Comme tu voudras.

— Ce que je voudrais, c'est rentrer chez moi !

— Mais tu ne peux pas rentrer chez toi, Ryan, n'est-ce pas ? Et, de toute façon, on ne descend pas de la montagne après la tombée de la nuit. Alors, détends-toi. Je t'assure que nous ne te retenons pas contre ton gré.

— Est-ce que vous êtes sérieux ? Vous m'avez enlevé, vous m'avez menti. Je suis quelque part où je n'ai pas envie d'être, derrière un portail verrouillé, sans moyen de sortir. Et je ne suis pas retenu contre ma volonté ?

— Nous te conduirons au bas de la montagne lorsqu'il fera jour, répond Cole. Ryan, tu peux partir quand tu le souhaites. Nous voulions juste te parler. Nous voulions simplement entendre la vérité de ta propre bouche. Car tu es l'un des nôtres, même si tu n'en es pas encore conscient. Ton cerveau ne fonctionne pas de l'ancienne manière. Je te garantis que tu vas approuver ce que tu vas voir ici. Tu vas te rendre compte que nous ne sommes pas des criminels. J'espère même que tu vas décider de te joindre à nous.

— Ne gaspillez pas votre salive, dis-je.

Je ne crois pas un traître mot de ce qu'il est en train de raconter. Cet endroit me donne la chair de poule, et je ne crois pas que je serai capable de partir quand je le voudrai. Ils vont me faire un lavage de cerveau et bientôt je porterai une chemise bleue et un jean noir et je ne ferai même pas tinter mes ustensiles en mangeant.

— Si vous ne faites rien d'illégal, alors pourquoi vous cachez-vous dans ce vaisseau Goodyear? je lui demande en colère. Pourquoi m'avez-vous kidnappé? Je veux sortir d'ici, maintenant!

— Je t'ai déjà dit que nous ne descendons jamais de la montagne après la tombée de la nuit...

Je repousse ma chaise qui va heurter la table derrière moi. Tout le monde lève les yeux de son repas, mais rebaisse la tête immédiatement. La fourchette de Jérémie s'arrête dans les airs. Celle-ci se relève à demi, mais se rassoit rapidement sur un geste de Cole.

— Peut-être devriez-vous changer de politique? dis-je tout fort. La jeep a des phares, non? Vous pouvez descendre. Ou je conduirai moi-même à mes propres risques. Si je ne suis pas prisonnier, donnez-moi les clés.

— Du calme, Ryan. Nous ne sommes pas...

— Les gens savent qui je suis, vous savez. Les McDoogle vont se méfier si Sabrina et moi ne les rejoignons pas à Flagstaff. Ils vont se poser des questions. Et ce shérif était intelligent: il a deviné qui je suis. Et il va découvrir également qui est Sabrina. Excusez-moi: Jérémie.

Cole sourit tristement en hochant la tête. Et juste à ce moment, j'entends quelqu'un chanter derrière moi. C'est l'air de *Chapeau melon et bottes de cuir*.

Je fais volte-face. Bud et Tina sont dans la cuisine. Tina est en train de goûter quelque chose dans un grand pot et Bud remplit une assiette d'enchiladas.

J'ai l'estomac dans les talons. Bud sourit en agitant sa fourchette dans ma direction.

— Hé! mon jeune ami, heureux que tu sois finalement arrivé!

Je ferme les yeux très fort alors que le désespoir et la rage me tombent dessus. Bud et Tina disparaissent. Je suis au beau milieu d'un cauchemar et je ne peux pas m'échapper.

Je sais à présent que personne au monde ne sait où je me trouve. Et il n'y a personne pour me venir en aide.

15//Habits de l'empereur

On s'est moqué de moi. Depuis le début.

Moi qui ne fais jamais confiance à quiconque. Ce que je peux être idiot !

— Assieds-toi, Ryan, m'ordonne Cole calmement. Il ne s'agit pas d'un culte ou d'une secte, d'accord ? Tout ce que je te demande c'est une matinée. Une seule matinée. Demain, je vais te faire visiter les lieux. Et si tu veux partir dans l'après-midi, libre à toi. Tu as ma parole.

Je ne sais pas trop si je devrais le croire ou non. Mais cela n'a pas grande importance. Je n'ai pas le choix. Je suis bien obligé de rester ici jusqu'à ce qu'il veuille bien me laisser partir.

— Écoute, je reconnais que nos méthodes ont été un peu maladroites jusqu'à maintenant, dit-il. Mais nous n'avons pas voulu te faire de

mal. Nous n'aurions jamais laissé le FBI te prendre. Nous avons besoin que tu restes libre. Nous
avons besoin de toi ici.

— Mais pourquoi? Pourquoi moi?

— Tu comprendras demain. Pour le moment,
je pense que tu devrais manger. Et aller dormir.

On me conduit dans une chambre qui ressemble plutôt à une cellule. Cependant, je dispose
d'un minuscule foyer et il y fait bon. Un futon est
roulé sur une plate-forme et il y a un épais
édredon plié par-dessus.

— Voici ton box, me dit Cole. C'est très rudi-
mentaire, j'en ai bien peur. Mais tu seras à ton
aise.

— Bonne nuit.

C'est la première phrase que Jérémie m'adresse
depuis notre arrivée.

— Oh! je suis sûr que je vais dormir comme
un bébé, dis-je d'un ton sarcastique.

Mais elle ne me regarde pas.

— Jérémie m'a raconté que vous vous êtes
liés d'amitié pendant le voyage, me dit Cole.

— Nous ne sommes pas des amis! dis-je avec
véhémence. On ne peut pas être ami avec un
imposteur. Elle n'est pas ce qu'elle prétend être.
Elle ressemble seulement à son image. Elle s'est
métamorphosée en traîtresse.

Jérémie balance la tête et ses cheveux dissimulent son visage.

— Tu ferais mieux d'aller te coucher, Jérémie, lui dit Cole dans un soupir.

Jérémie part sans dire un mot. Elle semble se fondre dans le cadre de la porte.

« Bon débarras ! »

— Tu lui as fait de la peine, me reproche Cole. Elle n'a écouté que son cœur, Ryan. Mais je ne me mêlerai pas de vos affaires. Bonne nuit.

Il est tard et je suis fatigué. Épuisé, même. J'ai du mal à me traîner jusqu'à mon futon. Je sombre dans le sommeil immédiatement. Ma dernière pensée va au regard de Jérémie lorsqu'elle m'a dit dans la voiture : « Fais-moi confiance. »

« Fais moi confiance… »

« Ça a été ma première erreur », me dis-je. Puis je m'endors.

Le lendemain matin, je me dirige vers la salle à manger. Tout le monde a l'air occupé et affairé. Tous me sourient en passant ou me font un signe de tête aimable.

Durant la journée, l'endroit paraît un peu moins mystérieux. Il n'y a pas de toiles d'araignée qui pendent du plafond et personne ne me jette de regards maléfiques. S'il s'agit d'un culte, il n'a rien de sinistre. La lumière du soleil perce au travers des fenêtres, et les gens ne se promènent pas avec un sourire imbécile figé sur le visage et ne me tendent pas des poignées de fleurs en plastique. En fait, le centre ressemble plus à un gigantesque bureau.

La salle à manger est vide, alors je m'assois tout seul. Sona apparaît au bout de quelques secondes seulement. Elle me dit bonjour et place un bol de gruau fumant devant moi, ainsi qu'une assiette avec des lamelles de pomme et des raisins secs. Puis elle me verse du thé dans une tasse épaisse à rayures jaunes et bleues soulignées de noir.

Je meurs de faim et je n'en laisse pas une miette. Sona revient remplir mon bol, puis me donne une assiette de tranches épaisses de pain à la cannelle. C'est le meilleur repas que j'aie jamais mangé.

— C'est excellent. Je regrette d'avoir manqué vos enchiladas hier soir, dis-je.

Elle sourit.

— Il ne faut pas manquer mon poulet en sauce ce soir.

— Désolé, mais je m'en vais un peu plus tard dans la matinée.

Son sourire s'estompe et elle se penche pour remplir ma tasse.

— Lorsque tu auras terminé, tu iras retrouver

Cole qui t'attend dans le secteur A — c'est par là que tu es rentré hier soir — au site 2. Les portes sont numérotées.

— Et mes jours sont comptés, dis-je d'un air sombre.

Sona ne sourit pas et s'abstient de tout commentaire. Elle disparaît dans sa cuisine.

Je bois encore un peu de thé, puis je pars à la rencontre de Cole.

Mais je décide de faire bouger un peu les choses. Sona est occupée dans la cuisine, alors, au lieu de me rendre directement dans le secteur A, j'emprunte un autre couloir. Je pourrai toujours dire que je me suis perdu, car les couloirs forment un vrai labyrinthe.

Je tourne à gauche. Je passe devant les douches et me dirige vers l'arrière du bâtiment. Je passe devant la buanderie. Le couloir se divise en deux; je prends à gauche.

Derrière une porte, j'entends un étrange bourdonnement, et je m'immobilise. J'ouvre et je jette un coup d'œil à l'intérieur.

Jérémie est penchée sur un tour de potier. Je la regarde l'actionner avec le volant. Elle fabrique un saladier en argile, et paraît assez experte. C'est pas étonnant qu'elle ait des mains si fortes. Elle plisse les sourcils en lissant les côtés du saladier.

Des étagères tapissent les murs et sont

remplies d'assiettes et de tasses au même motif de
rayures jaunes et bleues.

— Je suppose que c'est ta chambre noire ici.

Jérémie tressaille, mais ne relève pas la tête.

— Je parie que tu n'es même pas capable de
recharger un polaroïd.

Jérémie arrête le tour brusquement.

— Qu'est-ce qui se passe, Ryan ? Est-ce que
tu as quelque chose à dire ?

— Sur quoi tu m'as menti aussi ? Sur Eric
Clapton ? Les mauvais films de science-fiction ? Et
je suppose que tu détestes les Cheerios ?

Jérémie rejette sa queue de cheval en arrière.

— Oui ! s'écrie-t-elle, exaspérée. J'ai menti
sur toutes ces choses, d'accord ? C'est ce que tu
veux entendre ? Nous connaissons tes habitudes
de location de vidéocassettes, et avons retracé les
conversations que tu as eues sur le Web. Nous
avons découvert ce que tu aimais pour que tu
penses que tu avais rencontré l'âme sœur, d'accord ?

— Répugnant, dis-je avec dégoût. C'est
exactement ce que je voulais entendre. Je voulais
t'entendre dire quelle traîtresse tu es.

Jérémie frappe l'argile de son poing.

— Ça y est, tu as entendu ce que tu voulais,
Ryan. J'ai menti parce que j'y étais obligée. Ma
mission était de t'amener ici.

— Et tu as accepté, n'est-ce pas? Peu importe ce que tu devais faire...

Ses yeux pâles sont braqués sur moi.

— C'est exact. Peu importe ce que je devais faire. Mais il y a une chose importante sur laquelle je ne t'ai pas menti, c'est quand je t'ai dit que je t'aimais beaucoup et que je tenais à toi.

— Et je suis censé te croire? dis-je avec un étrange ricanement étouffé. Est-ce que tu penses que je suis stupide, ou seulement un peu demeuré?

Jérémie regarde par terre. Elle malaxe l'argile pendant une minute.

— Je pense que tu es fantastique, dit-elle d'une voix douce. Je pense que tu es le garçon le plus brillant que j'aie jamais rencontré, et le plus drôle et le plus gentil.

J'entre dans la pièce.

— Ouah! je suis flatté! Surtout que ton bassin de candidats est assez considérable ici.

— Nous n'avons pas toujours vécu ici, Ryan. Je n'ai pas menti sur mes nombreux déménagements. C'est pour ça que l'on s'entend si bien toi et moi. Moi aussi, j'ai été dans des millions d'écoles différentes.

Elle se remet à travailler l'argile.

— Mon père n'est pas un mauvais homme. Disons qu'il est plutôt du genre obsessionnel...

— Ça c'est un euphémisme!

— Mais il croit en ce qu'il fait. Mon père entrevoit un monde meilleur pour le nouveau millénaire.

— Très bien, mais je ne voudrais pas faire partie de votre monde.

— Est-ce que tu n'étais pas censé le rencontrer ce matin? demande Jérémie.

— Si, si. Il va me faire visiter le pays des merveilles.

Elle soupire.

— Alors, pourquoi est-ce que tu ne vas pas le voir tout de suite pour comprendre ce que nous faisons? Comme ça, après, nous pourrons discuter.

— Je n'ai aucune envie de parler aux traîtres.

Je sens que mon visage est rouge et je tremble. Je sors en claquant la porte derrière moi.

Cole se tient dans le couloir, les bras croisés. S'il a entendu notre conversation, il n'en laisse rien paraître.

— Allez, redoutable führer MestreFlorin, je suis prêt à faire la visite.

Cole me fait traverser les bâtiments en mettant surtout l'accent sur les sites de travail. J'essaie de ne pas laisser paraître mon admiration devant la quantité impressionnante de matériel et le travail qu'ils effectuent. S'il s'agissait d'un collège, je m'inscrirais sur-le-champ.

Nous nous arrêtons finalement dans le plus grand site du secteur A. Il n'y a pas de séparation entre les bureaux, et un mur couvert de liège disparaît sous les feuilles volantes et les notocollants. Partout, il y a des moniteurs, des manuels de programmation, des câbles, des fils et des plaquettes. Sur un tableau, il est écrit en gros caractères : LORSQUE C'EST ABSOLUMENT PARFAIT, VÉRIFIEZ DE NOUVEAU. DEUX FOIS.

Deux travailleurs jouent aux fléchettes. Je remarque qu'ils ne se précipitent pas pour se remettre à la tâche en voyant Cole approcher. Ils agitent simplement leurs fléchettes pour le saluer amicalement.

Donc, ce type n'est pas un bourreau d'esclaves. Mais cela ne signifie pas pour autant qu'il soit un bon gars.

— Ryan, tu sais mieux que personne que notre avenir en tant que civilisation réside dans les bits, me dit Cole. Des informations codées qui volent à travers des câbles raccordés à un système. Mais combien de gens se sont demandé à quel point nous sommes vulnérables face à l'ensemble de ce système ? Que se passerait-il si une seule entité parvenait à avoir le contrôle sur l'information contenue dans les ordinateurs de tout le pays ?

— Un seul groupe n'y arriverait pas. C'est bien pour cela qu'il y a des mots de passe. Nous avons des moyens de contrôler la confidentialité.

— Que n'importe quel élève du secondaire un peu doué est capable de contourner, rétorque Cole. Si toi, tu peux avoir accès à un service en réseau ou éteindre le réseau électrique, que penses-tu que pourrait faire un groupe de génies ? Et le gouvernement, ou les banquiers, ou un pays étranger ?

— Ou la Caravane du millénaire ? je demande.

Il hoche la tête.

— Au contraire. Nous sommes là pour assurer la survie de la démocratie.

— Tout un projet ! C'est comme si vous étiez superpolicier du Net.

Puis je remarque le gars assis au terminal le plus proche de moi. C'est le conducteur de la camionnette rouge, le gars aux cheveux frisottants qui tondait la pelouse en chaussures marron.

— Je pense que tu as déjà rencontré Komodo, dit Cole. Nous portons ici nos noms de code Internet, m'explique-t-il.

— Salut, champion, dit Komodo.

— Salut, je réponds. Laissez-moi vous donner un petit conseil. La prochaine fois que vous faites de la surveillance, achetez-vous une paire de chaussures de course. Personne ne tond sa pelouse en souliers bruns.

Cole secoue la tête.

— Komodo est notre expert en chiffrement. La surveillance n'est pas vraiment son fort. En réalité, nous sommes tous des amateurs ici en ce qui concerne l'espionnage.

— Oh! je ne dirais pas ça! Votre fille est une vraie pro. Elle ment aussi bien qu'un avocat.

— Et voici Topcat, poursuit Cole en me présentant un type avec d'énormes lunettes qui me fait un petit salut idiot avant de se retourner. Et NancE.

Une femme mince et nerveuse avec des cheveux roux se retourne et m'adresse un bref sourire.

— Tu devrais être flatté que l'on t'ait choisi, Ryan, poursuit Cole. Notre groupe n'est composé que des plus grands génies de l'informatique. Nous avons ici des programmeurs COBOL. Certains d'entre eux ont travaillé pour le gouvernement et avaient des fonctions leur donnant un accès privilégié.

— Bon, d'accord, je suis très impressionné. Mais vous ne m'avez toujours pas révélé à quoi sert toute cette activité cérébrale.

— En effet. Asseyons-nous, dit Cole en me désignant un long banc. Si je t'ai signalé à quel point ces gens sont importants, c'est pour te faire comprendre à quel point tu es important, Ryan. Tu étais notre candidat numéro un pour l'incorporation.

— L'incorporation? C'est une manière polie de parler d'enlèvement. Est-ce que vous avez jeté tous ces gars-là dans les pattes du FBI?

Cole secoue la tête.

— Tous ces gens sont ici parce qu'ils le souhaitent. Nous les avons contactés sur le Net, et ils sont venus. Tu es le seul avec qui nous avons dû utiliser... des mesures exceptionnelles.

— Bon, mais je vous repose la même question: Pourquoi?

— Est-ce que tu connais l'histoire « Les habits neufs de l'empereur »? me demande Cole.

— Bien sûr. Je l'ai lue quand j'étais petit. Un tailleur prétend avoir confectionné des habits géniaux, alors qu'en réalité ceux-ci n'existent même pas. Il se joue de l'empereur en louangeant ses habits, et l'empereur finit par prétendre qu'il les voit aussi. Alors tous les gens prétendent aussi que c'est un homme très élégant, car ils ont trop peur de mentionner qu'en réalité il se promène en caleçon.

— C'est exactement ça, approuve Cole. La structure entière de notre système tient à un fil invisible. Tout le monde sait qu'il est là, mais personne n'admet que les choses vont mal. Mais lorsque viendra le nouveau millénaire, lorsque l'horloge sonnera une minute après minuit le 31 décembre 1999, tout va changer, mon ami.

— Oui, avec le virus du millénaire, je confirme avec un haussement d'épaules. La plupart des logiciels, en particulier les vieux langages COBOL et FORTRAN, encore intégrés à de nombreux systèmes, formatent la date avec six chiffres et emploient une notation à deux chiffres. Ce qui signifie que tous les calendriers vont afficher 1900, et que tout va être embrouillé. Mais...

— Tout, interrompt Cole, des banques aux missiles. De ton courrier électronique à ton service téléphonique ou ton télécopieur. Les ascenseurs à grande vitesse, les feux de circulation et le contrôle aérien...

— Dites donc, j'aurais quelques nouvelles pour vous, dis-je en l'interrompant à mon tour.

Je vois qu'il n'apprécie pas tellement, mais il dissimule son irritation derrière son demi-sourire habituel.

— Tout le monde est au courant. Et il y a des centaines de gens qui travaillent là-dessus. Je sais que l'on entend quelques scénarios catastrophiques, mais tout le monde, du gouvernement aux compagnies de téléphone, est en train de faire reprogrammer ses processeurs centraux. Il y a une entreprise, appelée SysTem2000, qui a pratiquement envahi le marché de la reprogrammation.

Cole acquiesce.

— Je vois que tu te tiens au courant des cybernouvelles. SysTem2000 a des contrats avec le gouvernement, avec des banques, avec des compagnies de télécommunication... ses employés sont les plus compétents, les plus rapides et les plus intelligents. Les chiffres concernant les conversions de l'an 2000 sont faramineux. Le fisc estime ses coûts à 155 millions de dollars. Le Pentagone ne veut pas avancer de chiffres, mais cela doit être plus élevé. La plus grosse institution bancaire des États-Unis prévoit des coûts de 250 à 300 millions de dollars.

— Où voulez-vous en venir? je demande. Si les programmeurs s'occupent de la plupart des problèmes, l'empereur a l'air plutôt bien habillé en ce qui me concerne. Rien ne va sauter.

— Nous ne pouvons qu'attendre pour voir, n'est-ce pas? répond Cole.

— Oui, bien sûr. Rappelez-moi de vous passer un petit coup de fil le 2 janvier de l'an 2000. Est-ce que je peux y aller maintenant?

Mais quelque chose ne tourne pas rond. Je sens que Cole me cache quelque chose. Il a l'air sûr de lui, presque suffisant. Et il n'a toujours pas répondu à ma question. Pourquoi tous ces pro-

grammeurs COBOL et ces génies de l'informatique travaillent-ils pour lui ? Et que me veut-il ?

Et tout d'un coup une petite lumière s'allume.
Ça y est, j'y suis.

— Attendez-un peu, dis-je lentement, vous
n'allez pas attendre pour voir, n'est-ce pas ? Je
regarde Cole, consterné. Vous êtes SystTem2000.

Le sourire de Cole s'épanouit.

J'en ai le souffle coupé.

— Ça signifie que c'est vous qui contrôlerez
presque tout.

16//Panique

Cole me sourit.

— Alors, tu comprends maintenant pourquoi nous t'avons choisi ? (Ses yeux bleus pâles pétillent d'admiration comme si j'étais Einstein lui-même.) Tu es l'un des nôtres. Tu es intuitif. Tu peux faire des liens. Je savais que je ne me trompais pas sur ton compte.

Pendant une minute, je suis tout content, comme si je venais d'être admis dans une élite. Mais je me souviens alors que j'ai toujours pensé que les élites c'était du bidon.

— Ne sois pas si nerveux, Ryan. Tout ce que nous faisons ici est parfaitement légal. SysTem2000 reprogramme des systèmes pour des sociétés ou des services gouvernementaux. Mais dans nos codes, nous laissons quelque chose derrière nous.

— Un virus, je suppose.

— Nous préférons parler de bip, corrige

Cole. Un signal d'avertissement. Sur le coup de minuit, le 1er janvier 2000, tous les systèmes de contrôle des États-Unis — les finances, les commerces, les communications et les transports — seront entre les mains de SysTem 2000, qui est, évidemment, la branche commerciale de la Caravane du millénaire.

J'essaie de ne pas déglutir.

— Et qu'est-ce que vous allez faire ensuite? Cole sourit.

— Absolument rien. C'est ça qui est formidable avec ce plan. C'est pour cela que ce n'est pas illégal. Ce sera suffisant de détenir le pouvoir. Ensuite, nous informerons le gouvernement et le milieu des affaires que nous détenons ce pouvoir. Les gens se rendront compte à quel point ils sont vulnérables face au contrôle. Ce sera une révolution dans les esprits. Ils comprendront qu'ils sont esclaves. Ils réaliseront qu'ils avaient tort de se reposer aussi complètement sur la technologie. Et alors, enfin, ils seront prêts pour le nouveau millénaire. Car ils feront un retour en arrière. Vers un âge plus simple, une infrastructure plus décentralisée. Ils comprendront que la base de la survie dépend de la communauté. Une communauté où les gens se voient, se connaissent, vont dans le salon ou la cour de leur voisin ou dans des bureaux. Les particules atomiques sont à l'origine de la vie, Ryan. Pas les bits qui voyagent par des câbles. Ça, ce n'est que de l'air !

Cole a les yeux brillants. Sa voix basse est vibrante. Ses paroles martèlent mon esprit et tout semble juste et logique. Est-ce un cinglé — ou un génie ?

— C'est pour cette raison que nous avons adopté le nom de Caravane, Ryan. Je ne sais pas si tu te souviens de tes cours d'histoire, mais au Moyen Âge, les groupes de marchands ambulants qui avaient les mêmes intérêts voyageaient ensemble et formaient des caravanes pour plus de protection. Ils se tenaient près les uns des autres pour parer aux attaques et surveillaient leurs intérêts mutuels. Ces caravanes sont devenues des sociétés. Les membres de ces sociétés protégeaient les autres membres. Le travailleur protégeait le travailleur. Les sociétés se sont alliées avec d'autres sociétés. C'était un système beaucoup plus démocratique. Nous pouvons y revenir. Nous devons devenir plus petits, et non plus gros. Nous devons décentraliser, et non centraliser. Nous aurons une révolution philosophique pour le nouveau millénaire. Une révolution pacifiste. Et ce petit groupe de visionnaires devrait ouvrir la voie.

Cole fait un geste pour désigner les gens qui travaillent sur les ordinateurs, jouent aux fléchettes ou boivent du thé.

Qu'est-ce qui cloche dans ce tableau ? J'essayais d'imaginer le gars qui tient une fléchette en train de faire la révolution.

— Joins-toi à nous, Ryan. Est-ce que tu ne veux pas sauver le monde?

— On dirait que vous avez déjà tout prévu. Pourquoi avez-vous besoin de moi?

Se retournant vers moi, Cole se penche plus près.

— Pour le réseau électrique national, avant tout. Nous n'avons pas réussi à percer le code. Nous devons nous introduire dans le système. C'est la pièce manquante de notre casse-tête. Et nous avons besoin de toi.

C'est donc ça! Je manque d'éclater de rire. Ils m'ont poursuivi, piégé et ont essayé de me recruter — et tout ça pour quelque chose que je ne sais même pas faire!

— Désolé de vous décevoir. Je l'ai déjà dit à Sab... Jérémie. Je ne peux pas percer le code. J'ai exagéré, et le journal a déformé l'histoire.

— Je sais tout ça, dit Cole. Mais cela ne veut pas dire que tu ne peux pas y arriver si tu essaies de nouveau. Cette fois, tu auras des gens qui travailleront pour toi et le meilleur équipement. Te rends-tu compte, Ryan? Je mettrai toute une équipe à ta disposition.

— Je suis désolé, vous avez fait votre exposé et je ne suis pas intéressé. Maintenant, quand puis-je partir ?

Il attend un moment.

— Très bien, je n'essaierai pas de te faire changer d'avis, déclare-t-il.

Il va jusqu'au téléphone et compose un numéro.

— LudMan, ramène la camionnette ici. J'ai besoin que tu ailles à Santa... (Il s'arrête et écoute, les lèvres serrées.) Je n'ai pas donné mon autorisation pour... Je vois.

Je peux voir le travail de ses muscles alors qu'il essaie de se contrôler. On dirait que c'est sincère, qu'il ne joue pas la comédie. Quelque chose me dit que je ne vais pas pouvoir redescendre de la montagne tout de suite.

Cole raccroche.

— Voilà qui est embarrassant par rapport à la promesse que je t'ai faite. Apparemment, Bud est descendu chercher des provisions avec la camionnette, dit-il en se passant la main dans ses cheveux grisonnants. Les choses ne sont pas très organisées par ici. Cela devrait te prouver que nous ne sommes pas une secte. Demain, quelqu'un te conduira à Santa Fe ou à Albuquerque. Je te donnerai même un ticket d'autobus pour la Californie.

— Et la jeep ?

— Je ne veux pas que tu conduises dans un véhicule volé. Et personne ne le souhaitait au départ. Nous l'avons ramené en bas de la montagne tôt ce matin.

— Voilà ce que valent vos promesses, dis-je le cœur battant, car je me sens coincé.

Il m'adresse une moue qui me fait penser à Sabrina / Jérémie. Ce sourire de travers, un tantinet espiègle, vous donnerait envie de devenir son ami pour toujours. Je lutte contre ce sentiment.

— Je présume que tu vas avoir une journée de congé, dit-il. Généralement, Bud s'absente toute la journée. Il ne revient pas avant le crépuscule.

— Demain à la première heure, alors?

Cole acquiesce. Son regard est limpide, sincère.

— Tu as ma parole.

Je dîne avec NancE et un dénommé Hypertex, que tout le monde appelle Tex. Nous discutons de choses techniques, et je dois reconnaître que je m'amuse bien. On ne dirait pas des zombies ou des êtres bizarroïdes. Ils semblent parfaitement normaux, à part d'être des intellos. NancE se tripote le nez toutes les deux minutes, mais on dirait plus un tic qu'un symptôme de psychose. Et le talent de Tex pour construire un château avec des sachets de thé semble amusant, et non sinistre.

Après le repas, NancE me fait visiter l'arrière du bâtiment. Elle me montre un chemin grimpant à flanc de colline qui débute derrière une remise à outils.

— C'est une jolie promenade, dit-elle. La vue est très belle d'en haut.

Je sais que le chemin forme une boucle et va me ramener ici. Mais si la vue est bonne, j'aurai peut-être une meilleure idée d'où je me trouve.

Je commence à grimper. L'odeur des pins est fraîche et vivifiante. Le soleil chauffe agréablement mes épaules.

Au détour du chemin, j'aperçois Jérémie assise sur un monticule recouvert de pelouse, les genoux ramenés sous le menton.

Je pourrais passer mon chemin, mais je me dis que, tant qu'à être ici pour une autre journée, autant lui parler. Je m'approche d'elle.

— Alors, pourquoi lorsque nous discutions par courrier électronique tu n'arrêtais pas de m'appeler mon gars? je lui demande.

Elle met ses mains en visière au-dessus de ses yeux pour pouvoir me regarder.

— J'essayais d'avoir l'air d'un garçon. Stupide, non?

— Totalement, dis-je en m'asseyant près d'elle. On peut dire que ton père a des idées assez folles. Nous devons tous retourner au Moyen Âge en l'an 2000.

Jérémie hausse les épaules.

— Tu trouves que la civilisation se porte si bien que ça, toi? Tu penses que nous réfléchissons vraiment à ce que nous faisons en remettant notre existence à des machines?

— Les ordinateurs ne nous dirigent pas, Jérémie, nous les programmons.

— Et ils nous battent aux échecs, rétorque-t-elle. C'est ce que veut dire mon père. Les ordinateurs peuvent faire ce qu'on leur dit de faire. Mais que se passe-t-il si une seule personne ou une seule institution les contrôle?

— J'ai parlé avec ton père toute la matinée, alors, je t'en prie, épargne-moi les leçons de morale! Cet endroit me donne la migraine.

Je m'allonge sur la pelouse.

Jérémie se met à rire.

— Je sais ce que tu veux dire. Ça te tombe dessus parfois.

Elle observe ses mains posées sur ses genoux.

— Tu sais, dit-elle, dans les années quatre-vingts, ce sont les pirates informatiques qui ont forcé les banques, les compagnies de téléphone et le gouvernement à prendre la sécurité plus au sérieux. Ils ont démontré aux gens à quel point la confidentialité était fragile. Des techniques de chiffrement et des codes d'accès ont été mis au point. Nous envisageons de faire la même chose, mais d'une façon organisée. C'est un gigantesque appel à la conscience. Mais ce qui en ressortira profitera à tout le monde.

— Mais c'est illégal.

— Exactement comme ce que tu as fait à ton école, techniquement. Et tu ne pensais pas mériter la prison, n'est-ce pas?

— Mais c'était une farce! Ce n'est pas du tout la même chose.

Jérémie s'allonge sur l'herbe. Elle se tourne vers moi, appuyée sur son coude. Ses yeux pétillent dans son visage.

— Bien sûr que c'est la même chose. Tu ne comprends donc pas, Ryan? Il s'agit de la plus grosse farce de toute l'histoire du monde. Ne veux-tu donc pas en faire partie?

Le lendemain, Cole vient dans mon box avant le déjeuner.

— J'ai de mauvaises nouvelles, me dit-il. Bud a appelé hier soir. Le moteur a lâché. Il doit rester à Santa Fe plusieurs jours en attendant que la camionnette soit réparée.

— Est-ce que vous pensez sérieusement que je vais avaler cette histoire?

— Ryan, je ne pourrais pas te convaincre, alors pourquoi essayer? Je vais tenter de te trouver un autre moyen de transport. En attendant...

— Quoi?

— Tu n'as pas l'air de passer des moments si pénibles que ça, ici. Je t'ai vu jouer aux échecs avec Jérémie hier soir.

Elle m'a mis au défi hier soir. Nous nous sommes assis près du feu dans le salon du secteur D, où se trouvent la plupart des chambres. La lumière était tamisée, et la pièce paisible, même si environ quatre personnes étaient en train de lire ou de faire des mots croisés. Je regardais les longs doigts bronzés de Jérémie sur les pièces, et l'éclat vacillant des flammes sur sa peau. J'avais de la difficulté à me concentrer sur le jeu.

— Tu ne t'es pas amusé? demande Cole.

— Non, j'ai perdu. Alors, pensez-vous que je serai sorti d'ici à Noël?

— Ryan, nous nous trouvons dans un coin isolé des montagnes, me dit Cole sur un ton exaspéré qui me rassure.

Il a enfin l'air d'une personne normale. Je suis habitué à cette réaction des gens lorsque je les agace.

— Nous dépendons d'un véhicule qui tombe en panne de temps en temps. Je ne peux pas fabriquer une autre voiture pour toi. Tu ne peux pas attendre ici un jour ou deux?

— Je n'ai pas vraiment le choix, en fait!

— Je suppose que non.

J'espère que j'ai l'air en colère, cela lui fera du

bien. Mais je ne le suis pas vraiment en réalité.

Je repense à la manière dont la peau de Jérémie brillait à la lumière des flammes. À un moment, ses doigts ont même frôlé les miens alors qu'elle déplaçait une pièce.

Oui, je l'avoue : au fond je suis heureux. Bientôt, je n'aurai plus l'occasion de voir Jérémie.

17//Absolument parfait

Jérémie et moi passons nos journées à discuter, à manger et à nous promener. Cole lui a accordé quelques jours de liberté afin qu'elle passe plus de temps avec moi. Elle m'apprend même à travailler l'argile. J'ai fabriqué la tasse la plus bizarre que vous ayez jamais vue.

Ces deux jours se sont écoulés plus vite que je ne l'aurais cru possible. La seule chose qui me tracasse, c'est que ma mère doit être en train de s'inquiéter.

— J'aimerais lui envoyer un message électronique, simplement pour lui dire que je vais bien, dis-je à Jérémie.

— Tu vas devoir demander à Cole. Il vérifie tous les messages sortants pour des raisons de sécurité. Nous avons seulement un courrier interne. Je suis sûre qu'il sera d'accord.

Puis, avec un air coupable, elle ajoute :

— En fait, j'ai découvert son code. Je correspondais avec mon copain dont j'avais dû m'éloigner en déménageant, et je ne voulais pas que mon père lise mon courrier. Il ne l'a jamais su.

— Alors, tu pourrais envoyer un message à ma mère?

Jérémie semble mal à l'aise.

— Ce serait mieux que tu t'adresses à mon père, dit-elle. Nous sommes en superalerte de sécurité.

Quelque chose me fait tiquer lorsqu'elle dit ça. Cela me rend mal à l'aise. Mais je vais quand même voir Cole pour lui demander si je pourrais envoyer un message. À ma grande surprise, il accepte immédiatement, mais me demande de ne pas révéler où je me trouve. Puisque j'utilise son service de courrier électronique, je suis obligé d'obéir. Et même si je parvenais à faire comprendre à ma mère, en utilisant un code compliqué, que je me trouve dans les montagnes près de Santa Fe, que pourrait-elle faire?

De toute façon, dans moins de vingt-quatre heures je serai à Sante Fe en train de prendre un autobus pour la Californie.

Cette nuit, je grimpe dans mon lit. Demain, Bud devrait être revenu. Je devrais partir en fin d'après-midi, comme me l'a dit Cole après le dîner.

Je me sens agité et parfaitement réveillé. Comme il n'y a pas de fenêtre, j'imagine la nuit noire et une lune argentée. Je me sens tellement confus. J'ai toujours voulu partir. Et maintenant, tout ce que je cherche à faire, c'est de me creuser la tête pour trouver une seule raison de rester. Je ne peux pas rester seulement pour une fille. Il faudrait que je croie vraiment en ce que fait Cole.

Qu'est-ce qui m'attend à l'extérieur? Le collège, ce sera comme le secondaire. Je me suis «connecté» avec Jérémie, mais cela ne veut pas dire que je serai capable de «connecter» avec une autre fille qui me plaise autant. Et ma mère est loin, en Caroline du Nord. Je n'ai pas d'autre famille, pas d'autres amis.

Puis je me remets à penser aux journées passées ici. Je songe à la façon dont tout le monde travaille à quelque chose qui me fascine, à l'environnement aussi agréable, aux paysages si beaux. Pourquoi irais-je au collège suivre le cours d'Histoire 101, alors que je peux entrer dans l'histoire ici même?

Ici, les gens parlent de choses qui m'intéressent. Pendant ses heures de loisir, Komodo conçoit un jeu informatique. NancE est fascinée par la manipulation numérique des images. C'est elle qui a donné à Jérémie un cours intensif sur la photo numérique.

Pourtant quelque chose me chicote. Je sens que je suis en train de m'endormir et je tente de chasser ces pensées. Mon cerveau devient paresseux et m'entraîne dans les spirales du sommeil.

Et soudain, je sais ce que c'est. Personne ne rit ici.

Tout le monde sourit. Tout le monde est aimable. Mais je n'ai pas encore entendu un franc éclat de rire.

Je me retourne. Dans l'obscurité, je vois ma porte s'ouvrir. Jérémie se glisse à l'intérieur. Elle porte des *leggings* et un tee-shirt blanc. Elle s'avance vers moi à tâtons. Ses cheveux sont noirs comme le jais et ses yeux ressemblent à des éclats d'étoile.

Elle se hisse sur mon lit, la tête à mes pieds.

— Je n'arrivais pas à dormir, dit-elle.

— Moi non plus.

Je tire la couverture pour que l'on en ait la moitié chacun.

— J'aimerais que tu ne partes pas, dit-elle doucement.

Sa main a trouvé la mienne. La chaleur semble se propager de ses doigts aux miens jusque dans mes veines et dans ma poitrine. Cela me frappe en plein cœur.

— Imagine, si tu restais. Nous pourrions être ensemble tout le temps. Est-ce que ça ne serait pas absolument parfait?

Je déglutis.

— Oui.

— Nous pourrions avoir exactement ce dont nous avons parlé ici. Tu te souviens? Nous pourrions être ensemble, au même endroit, en train d'étudier, de travailler ou de nous amuser.

Son soupir flotte jusqu'à moi: un souffle doux dans l'obscurité.

— Ne dis rien. Je sais que tu ne resteras pas. Que tu ne peux pas. C'est seulement que... je me sens si seule, Ryan. Et tu vas tellement me manquer.

La voix de Jérémie semble étouffée. Je m'imagine les larmes sur ses joues. Je me sens fondre. Je me sens céder. Tout ce que je veux en cet instant c'est pouvoir dire: «Oui. Je resterai, Jérémie. Je resterai pour toi.»

Je passe à un cheveu de le dire pour de bon. Mais je repense à la salle à manger silencieuse, aux sourires tranquilles. J'ai encore l'impression que cet endroit a quelque chose de sinistre.

Alors, je lui serre les doigts, puis je lui lâche la main.

— Dormons un peu. Bonne nuit, Jérémie.

Elle paraît déçue.

— Bonne nuit.

Lorsque je me réveille le lendemain matin, Jérémie est partie. Je déambule dans la salle à

manger. Elle est vide, comme d'habitude. Quelle
que soit l'heure à laquelle je me réveille, je n'arrive pas à déjeuner avec les autres. En fait, la plupart des membres de la Caravane prennent leur
déjeuner et vont se coucher. Beaucoup d'entre
eux travaillent la nuit.

Sona a fait des crêpes. J'en engouffre quelques
bonnes assiettées.

— Des nouvelles de la camionnette?

— Après le dîner, me répond Sona qui n'est
pas du genre bavarde.

Je pars à la recherche de Jérémie. Je regarde
d'abord dans le studio, mais il est vide. Je pousse
la porte de derrière et je prends le petit chemin.
Le soleil brille déjà dans un ciel pur et limpide
lorsque je grimpe la colline jusqu'au talus. Je
réalise que je n'ai jamais poursuivi mon ascen-
sion plus haut. Jérémie s'arrête toujours ici, son
endroit préféré, comme elle dit. Cette fois, je
poursuis ma route.

Le chemin sinueux monte à pic. Entouré d'arbres, je ne parviens pas à distinguer où je suis. Je
suppose que je vais finir par atteindre une barrière quelque part.

Au travers des arbres, mon œil perçoit un
éclat argenté. Puis j'entends le bruit de l'eau qui
court. Un ruisseau. Je quitte le sentier et je glisse
sur les feuilles mouillées jusqu'à l'eau. Je suis un

garçon des villes. J'adore ces petits ruisseaux.

L'eau est fraîche et rapide, et gargouille parmi les pierres. Je m'asperge le cou d'eau froide, haletant sous le choc. Ce serait un bel endroit où emmener Jérémie.

Je longe le lit du ruisseau en gardant un œil sur le sentier. Ma mère et moi, nous avons toujours choisi de vivre dans des villes. Ces balades bucoliques constituent pour moi une expérience nouvelle. Une fois nous avons campé dans les montagnes Blue Ridge, lorsque j'avais dix ans. Je n'ai jamais oublié que tout me paraissait précis, comme si l'on avait souligné à l'encre le contour de chaque branche et de chaque feuille. Et j'ai vu plus d'oiseaux en une matinée que je n'en avais compté dans toute ma vie.

J'aperçois une tache rouge parmi les arbres. Est-ce un oiseau? Je quitte le ruisseau et j'avance jusqu'aux arbres. Il n'y a plus de sentier ici et je dois sauter entre les branches et les troncs d'arbres.

Ce n'est pas un oiseau. C'est un camion, recouvert d'une bâche brune, puis de branchages et de feuillages.

C'est la camionnette rouge.

18//Petits et gros mensonges

Je relève un côté de la bâche. Il s'agit bien de la camionnette dont le moteur est censé être brisé. La camionnette qui ne sera pas de retour avant la fin de l'après-midi.

Il y a deux pelles à l'arrière de la camionnette. Elles sont recouvertes de terre rouge. À côté, il y a une combinaison de travail et une paire de bottes. J'aperçois quelque chose de blanc par terre et je le ramasse. C'est une carte avec une bande magnétique comme une carte de crédit. Mais elle ne porte pas de nom ou de numéro de compte. Je la glisse dans ma poche.

Bud a fait du jardinage ou il a réparé une barrière; il n'est jamais allé à Santa Fe.

Cole a menti.

Peut-être que dans le fond je l'ai toujours su.

Je veux dire que je l'ai toujours soupçonné. Mais je m'en fichais.

Qu'est-ce qui m'est arrivé ?

Est-ce que c'est comme ça, le lavage de cerveau ? Est-ce quelque chose qui commence lentement ? Au début, vous vous dites : « Je ne vais pas avaler ces sornettes. » Puis, tranquillement, à mesure que vous mangez avec des gens, que vous leur souriez et que vous avez de longues conversations avec eux, vous commencez à fléchir. Vous commencez à vous dire : « Peut-être que ce n'est pas si fou après tout. »

« Peut-être que ma place est ici. »

« Ils ont besoin de moi. Et personne n'a jamais eu besoin de moi avant. Pas ainsi. »

Je donne un violent coup de poing sur la camionnette. Je ressens la douleur vivement. Je ramène mon poing contre moi. La douleur est à moi. Le poing est à moi. Cela me ramène à moi-même.

Je sens la sueur inonder mon front. Je m'écroule dans la poussière, tenant toujours ma main. Je sens l'odeur des pins et des feuilles mortes, et j'écoute le bruit de l'eau en contrebas. J'entends chaque son, je sens chaque parfum pour me rappeler que je suis encore là. Ils ne m'ont pas encore eu.

Je suis encore moi.

Non pas que « moi » soit une si bonne affaire. Mais c'est tout ce que je possède.

Je m'assois sur le tapis de la forêt en essayant de décider quoi faire. Cole me retient contre ma volonté. Cela veut-il dire qu'il va continuer à le faire ? Suis-je complètement prisonnier ?

Il est peut-être temps de faire une longue promenade.

Je marcherai le long de la route jusqu'au grand portail et je trouverai bien un moyen de passer. Peut-être que Cole a menti en ce qui concerne l'isolement de l'enceinte. Peut-être qu'il y a une station de ski pas loin, une autre maison. Je dois tenter ma chance.

Je lève les yeux vers le ciel. Il va encore faire jour pendant des heures. Je dois agir de façon intelligente. Je devrais revenir au centre et trouver une excuse, dire que j'ai mal à la tête et que je dois faire la sieste. Jérémie doit déjà être à ma recherche.

Jérémie.

Est-elle au courant pour la camionnette ?

Peut-être qu'elle ne sait pas que son père me retient ici et qu'il ment. Ou peut-être le sait-elle, au contraire. Peut-être même que c'est Cole qui l'a envoyée hier soir.

Mon cœur s'emballe. Mais j'oblige mon cerveau à fonctionner. C'est l'esprit de contradiction qui le réveille, car j'ai bien l'impression que Cole ne tient pas à ce qu'il travaille. Il ne veut pas que je réfléchisse. Il veut que je ressente.

Irait-il jusqu'à utiliser sa fille pour y arriver ? Est-il aussi ignoble ? Aussi manipulateur ?

Aussi... désespéré ?

Je lève les yeux vers la camionnette. « Peut-être. »

J'entends tout à coup une voix qui m'appelle. C'est Jérémie.

J'avance rapidement dans la forêt jusqu'à ce que j'aperçoive le sommet de la colline. Dissimulé derrière un arbre, je l'observe. Elle marche lentement, criant mon nom et s'arrêtant de temps à autre pour entendre une réponse.

Je regarde jusqu'à ce qu'elle abandonne. La courbe de ses épaules me dit qu'elle est déçue. Après son départ, j'attends cinq minutes et je redescends pour regagner le centre.

J'ai à peine le temps d'arriver que Topcat m'annonce que Cole veut me voir à son site. Il me conduit là-bas, puis se retire.

Cole pivote sur sa chaise.

— Avant que Bud ne revienne, je veux te faire une proposition.

J'essaie de garder un visage aussi impassible que le sien.

— J'écoute.

— Tout le monde ici est membre de la Caravane, commence Cole en s'appuyant sur son bureau. Mais ce que tu ne saisis pas, c'est que nous avons aussi des membres auxiliaires. Des membres qui préfèrent conserver leur maison, leur emploi, mais qui croient à notre cause et nous aident de différentes façons. L'un de ces membres est un garçon de dix-neuf ans, mordu de l'informatique. Il a terminé son secondaire à quinze ans, a commencé à travailler comme programmeur à seize ans à Seattle, a gravi les échelons et a inventé un logiciel de confidentialité tellement efficace qu'il a bloqué l'accès de Bill Gates lui-même à son courrier électronique. Sa spécialité, ce sont les codes de chiffrement. Maintenant, le gouvernement l'a engagé pour travailler sur les codes d'accès au réseau électrique national afin de les rendre impénétrables.

— Je vois, dis-je. (Mais je ne vois rien du tout.) En quoi suis-je concerné?

Cole croise les bras.

— Naturellement, nous voulons le même accès. Et nous voulons préparer notre appel à la conscience.

— Alors pourquoi avez-vous besoin de moi si vous avez déjà ce petit génie dans la poche?

— Justement, David ne veut pas le faire, dit

Cole en haussant les épaules. Il a des projets personnels.

— Ça m'a tout l'air d'un garçon intelligent.

— Il a peur des responsabilités, dit Cole. Il ne voit pas loin. Ce qui n'est pas ton cas.

J'attends.

— Tout ce que David a accepté de faire, c'est de disparaître pendant quelques semaines. Nous lui avons offert un voyage en Thaïlande. Il adore la cuisine thaïlandaise.

— Très généreux de votre part. Et pourquoi?

— Pour que quelqu'un puisse prendre sa place. Plus tard, David pourra toujours dire qu'il était à l'étranger et n'était au courant de rien. Si nous nous faisons prendre. Mais cela n'arrivera pas. Il a eu un contrat de six semaines pour concevoir et installer le logiciel de chiffrement. Il aura accès à tous les contrôles et à tous les mots de passe.

— Attendez un peu. Vous voulez que je me fasse passer pour ce gars? Avez-vous oublié un léger détail? Je suis recherché par le FBI.

— Plus maintenant, annonce Cole. Nous avons effacé ton dossier. Tu es de la même taille que David, et de la même corpulence. On te donnerait dix-neuf ans. Et tu as certainement ses connaissances. On peut te donner ici une formation intensive sur le chiffrement. Si tu peux trouver les mots de passe en une journée, tu n'auras pas besoin d'y retourner. Nous trouverons un docteur qui t'inventera une maladie et te procurera un certificat médical afin que tout ait l'air normal...

— Vous avez déjà tout prévu?

— Nous avons des papiers d'identité au nom de David Wallaby pour toi.

— David Wallaby? L'ancien copain de Jérémie?

Cole sourit.

— C'était très ingénieux de sa part. Lorsque la police t'a emmené, Jérémie a eu l'idée d'utiliser les papiers que nous avions déjà préparés pour toi. Nous les lui avons apportés d'ici. C'est pour cela que ç'a été aussi long avant qu'elle ne vienne te chercher.

Alors, Jérémie a également menti au sujet de l'identité de David Wallaby. Des petits mensonges, des gros. Bizarrement, on dirait que les petits font plus mal que les gros.

— Il y a des compensations pour ce travail, Ryan. Monétaires. Le salaire de David est substantiel. Et la Caravane va y rajouter une prime. Disons que c'est une prime de risque.

— Moi, je dirais plutôt que c'est débile, dis-je en me levant. Et je ne vais pas le faire.

— Je ne te conseille pas de refuser, Ryan.

Incrédule, je lui demande:

— Est-ce une menace?

Cole hausse les épaules.

— Il y a quelque chose que tu ignores, dit-il aimablement, comme s'il parlait de la pluie et du beau temps.

Et c'est bien ce qui m'inquiète.

Il se dirige vers une porte éloignée, l'ouvre.

Une femme aux cheveux courts et portant des lunettes est assise dans un fauteuil. Son jean et son chandail sont tout fripés, comme si elle dormait dedans depuis une semaine.

C'est peut-être le cas. C'est ma mère.

19//Old King Cole

Je me jette sur Cole. Je lance mon poing et je le touche à la mâchoire. Cole titube de surprise et de douleur. Mais quelques secondes plus tard, il me tord le bras dans le dos. J'ai jamais dit que j'étais macho.

— Calme-toi, Ryan, dit-il. Ta mère s'est simplement présentée au portail ce matin.

— Salaud! je crie en me démenant. Menteur!

J'ai un brouillard rouge devant les yeux. Je me débats et j'essaie de l'atteindre de ma main libre.

— Ryan! crie ma mère en se précipitant dans la pièce. Lâche-le, Coleman.

Cole ne bronche pas. Il me maintient toujours.

— Je t'ai dit de le lâcher, répète ma mère d'une voix plus calme. Il ne recommencera pas. N'est-ce pas, Ryan? Cole dit la vérité. Il ne m'a pas enlevée, ajoute-t-elle. Je suis ici de mon propre gré. D'accord?

Je la regarde, déconcerté. Elle me fait un signe de tête rassurant. Mes muscles se détendent et Cole lâche mon bras.

Il se frotte la mâchoire.

— Un sacré coup droit pour un mordu de l'informatique.

— Maman, qu'est-ce que tu fais ici?

Je dois me retenir pour ne plus frotter ma main. La douleur est lancinante. On ne nous apprend pas que c'est aussi douloureux de donner un coup de poing que d'en recevoir un.

— Comment savais-tu que j'étais ici?

— C'est une longue histoire, dit-elle en faisant un pas en avant et en me serrant.

Elle me berce contre elle comme si j'étais encore un bébé. Mais cela ne me dérange pas du tout.

— Eh bien, dit-elle en s'essuyant les yeux quand elle me lâche enfin, je suppose que je dois commencer par le commencement. Avant tout, j'ai connu Coleman il y a des années. Nous étions à l'université ensemble. Avec ton père.

— Je connaissais ton père, Ryan, j'étais son meilleur ami.

— Menteur!

— C'est vrai, mon grand, intervient ma mère d'une voix douce en me prenant la main. Asseyons-nous. Je vais tout te raconter. Il est grand temps que tu saches la vérité.

Nous nous asseyons sur un banc sous la fenêtre. Cole s'assoit à son bureau. J'aurais préféré qu'il nous laisse seuls, mais je sais qu'il vaut mieux ne pas le lui demander.

—Les deux noms, Jérémie et MestreFlorin, dit ma mère, jouaient sans cesse au ping-pong dans ma tête. J'ai connu Jérémie quand elle était bébé, tu sais. Puis j'ai fait le lien entre MestreFlorin et Coleman. Il étudiait l'histoire médiévale à l'université. Alors, j'ai contacté quelques personnes et j'en ai appris plus sur la Caravane.

— La relation me paraît bien éloignée, dis-je avec méfiance. Qui pouvais-tu contacter? Comment as-tu fait pour penser que l'étudiant en histoire était devenu un occulte gourou, un terroriste informatique?

— Je ne suis pas un terroriste, Ryan.

La voix de Cole claque comme un fouet.

— Peu importe, dis-je en lui décochant un regard plein de haine.

— C'est la partie délicate de l'histoire, dit ma mère d'une voix soudain tremblotante et les yeux pleins de larmes.

— Maman?

Je regarde les larmes couler lentement sur ses joues. Elles tombent de son menton sur son jean. Elle frotte l'endroit mouillé.

Elle prend une grande inspiration.

— Tu vois, je vis dans la clandestinité, moi aussi.

Tout mon visage se ramollit en une expression hébétée.

La vie a de ces façons de vous tomber dessus par moments ! Elle frappe parfois si fort que vous tournoyez comme une toupie.

— Tuuu, tu..., je bégaye.

Mais mon esprit se remet à travailler lentement. Les choses s'emboîtent et j'ai soudain une toute nouvelle perspective du passé et, pour la première fois, tout a un sens.

Tous nos déménagements. Chaque année, pendant si longtemps. Cincinnati, Minneapolis, Wilkes-Barre, Chicago, Nashville, Baltimore...

Ce n'était pas la bougeotte. Ce n'était pas la peur de se fixer. Ce n'était pas l'esprit d'aventure.

Nous étions en fuite.

— Qu'est-ce que tu avais fait ? Pourquoi devais-tu disparaître ? Est-ce que tu braquais des banques ? Tu faisais sauter des écoles ?

Mon ton est sarcastique. Ma mère titube comme si je l'avais frappée, elle aussi.

— Elle ne faisait rien de mal, intervient Cole. Elle se battait pour ce en quoi elle croyait.

Je me tourne vers lui et lui lance hargneusement:

— Je ne vous parle pas.

— À l'université, j'ai participé au mouvement écologiste, reprend ma mère. Après les examens, ton père et moi nous sommes mariés et nous avons déménagé dans le nord de la Californie. On louait nos services comme collecteurs de fonds pour une organisation appelée Alerte verte. Nous nous sommes opposés à de grosses sociétés d'exploitation du bois qui détruisaient les séquoias. Je travaillais à trouver un compromis qui aurait évité que des gens ne perdent leur emploi. Les grandes entreprises effrayaient leurs employés en disant qu'elles allaient devoir se retirer, qu'elles allaient fermer les usines. Alors tout le monde était sur les nerfs. Les choses se sont gâtées horriblement.

Elle soupire. Cole, assis droit sur sa chaise, l'observe de son regard clair. Je n'en reviens pas qu'ils se soient connus dans le passé, qu'ils aient été amis.

— Coleman travaillait pour la même organisation que nous, dit ma mère. Nous faisions des choses comme nous enchaîner aux arbres pour les sauver. Cela paraît si loin maintenant, dit-elle en haussant les épaules.

— Il n'y a pas si longtemps, Allie, dit Coleman. L'esprit est encore vivant, ici, dans cet endroit.

— Allie? je fais. Mais ton nom, c'est Grace.

— Mon nom était Alice Sloane. Je l'ai changé quand j'ai commencé à vivre dans la clandestinité.

Je me sens complètement à l'envers. Les choses ne sont plus du tout comme je le pensais. Rien n'est plus pareil. Pas même ma propre mère.

— Alice Sloane était, il y a dix-huit ans, la plus célèbre environnementaliste de la côte Ouest, lance Cole.

— Je faisais partie d'un mouvement, c'est tout, répond ma mère, rejetant les paroles de Cole d'un geste de la main.

— Mais qu'est-ce qui s'est passé? Pourquoi as-tu commencé à te cacher?

— Les choses sont devenues vraiment tendues, dit ma mère en se frottant le nez comme elle le fait lorsqu'elle est vraiment fatiguée. Lors d'une manifestation, les gens nous ont jeté des pierres. Des camions roulaient tranquillement devant chez nous, tard dans la nuit, juste pour nous faire comprendre qu'ils savaient où nous habitions, dit-elle en me regardant avec attention. Il y avait beaucoup de pression pour qu'on ferme boutique et qu'on plie bagage. Et alors...

— Et alors?

Ma mère soupire et se passe les doigts dans ses courts cheveux bruns. Pour la première fois, je me demande quelle est sa vraie couleur. Elle teint ses cheveux elle-même, à la maison, d'aussi loin que je m'en souvienne. Elle a toujours dit qu'elle grisonnait prématurément. Mais leur couleur doit être différente. Peut-être du même blond-roux que les miens.

— Les bureaux d'une entreprise d'exploitation de bois ont sauté, poursuit-elle. Nous avons été interrogés tous les trois : Cole, Jack et moi. Nous avons expliqué que nous n'avions rien à voir avec cette histoire.

Puis ma mère regarde Cole.

— Même si j'ai toujours soupçonné que tu savais quelque chose.

Cole lui adresse un sourire aimable.

— C'est drôle parce que j'ai pensé la même chose de Jack et de toi.

— Il y a eu une enquête et nous avons tous été appelés pour témoigner, poursuit ma mère en se frottant le nez. Nous étions dans la même voiture. Jack conduisait. Nous étions en train de nous disputer pour une histoire idiote : Jack voulait prendre un raccourci et Coleman disait que nous allions tomber en pleine heure de pointe. Mais Jack l'a pris quand même. Et nous avons été bloqués dans un gros embouteillage et ils ont recommencé à se disputer...

La voix de ma mère se brise. Elle se prend la tête entre les mains. Après une grande inspiration, elle relève la tête.

— J'étais assise derrière avec Coleman. Le siège du passager était brisé et nous avions empilé tous nos papiers et nos documents officiels dessus. Ton père était avocat, Ryan, je ne te l'ai jamais dit. Il allait défendre notre cas. De toute façon la bombe.... a explosé. On m'a dit plus tard que Coleman avait été éjecté par la vitre arrière et qu'il était revenu me chercher. Il m'a sortie de là. Mais Jack...

Elle ferme les yeux. Elle appuie ses doigts contre ses paupières.

— Je n'ai jamais parlé de ça auparavant. Jamais.

— Allie..., dit Coleman.

Mais elle lève la main.

— Laisse-moi terminer. La bombe était placée sous le siège du conducteur, et ton père est mort sur le coup.

— Tu m'avais dit qu'il était mort dans un accident de voiture. On ne peut pas dire le contraire.

— On nous a emmenés d'urgence à l'hôpital, Coleman et moi, poursuit ma mère d'une voix éteinte. Je m'en suis tirée avec une commotion, des bleus, des coupures à cause du verre — le médecin disait que c'était un miracle. Il m'a annoncé que Jack était mort. Puis la police m'a dit que j'allais être accusée de meurtre parce que j'avais transporté la bombe.

Ma mère glisse alors sa main dans la mienne, et la serre. Mais je pense que ce n'est pas tant pour me réconforter, moi, que pour se donner du courage.

— Je savais quelque chose que la police ne savait pas. J'étais enceinte. Et j'avais la certitude que je ne t'avais pas perdu, Ryan. Je le savais, c'est tout. Et je savais également que je devais nous sauver, toi et moi. Alors je me suis enfuie. La police avait posté un garde devant ma porte, mais il n'était pas très vigilant. Elle ne s'attendait pas à ce que je puisse marcher puisque j'étais si faible. S'échapper était facile, rester libre l'était moins.

— Comment as-tu fait?

Elle hausse les épaules.

— Des amis. De bons amis. Ils m'ont obtenu de faux papiers et m'ont trouvé un nouveau logement. Lily... était l'une d'entre eux. Et puis ce fut à moi de jouer. J'ai fait de mon mieux, Ryan. Car tu as toujours été ce qui comptait le plus pour moi. Mes parents et ceux de Jack étaient morts. Nous avions ça en commun. Nous avions toujours dit que si nous avions des enfants nous les élèverions ensemble, quoi qu'il advienne.

Sa voix se brise de nouveau.

Mes pensées sont tellement confuses que je n'arrive pas à m'attacher à l'une d'elles en particulier. Ma mère était une terroriste écologiste.

Mon père a été tué par une bombe. Et Cole a sauvé la vie de ma mère.

— Le matin où le FBI est venu sonner à notre porte, j'ai bien cru qu'il avait fini par me retrouver.

Cela explique pourquoi elle paraissait si nerveuse et agissait d'une manière si étrange. Et aussi pourquoi elle avait voulu me faire quitter la ville si rapidement. Parce que si les agents du FBI commençaient à fouiner, qui sait jusqu'où ils remonteraient?

Cole se penche en avant, les mains sur les genoux.

— Et maintenant ta mère est venue pour se joindre à nous, Ryan.

— Quoi? Je bondis sur mes pieds.

Ma mère baisse les yeux.

— Je respecte beaucoup Coleman, Ryan. J'ai étudié ce qu'il avait à dire. Je suis venue voir ce qu'il fait. J'ai passé toute la matinée ici, et je dois dire que je suis impressionnée par ce que j'ai vu. Il fait des choses bien. (Elle adresse un sourire à Cole.) C'est comme au bon vieux temps.

— J'étais sûre que tu penserais ça, Princesse, répond-il.

— Princesse?

Je jette un regard incrédule à ma mère.

— Un vieux surnom, dit-elle rapidement.

Nous utilisions des noms de code à l'époque, pris dans un livre de contes qui m'appartenait. Ton père, Jack, c'était Giant Killer. Et Cole, c'était Old King. Pas très difficile à deviner, ajoute-t-elle avec un petit rire étrange.

Le monde paraît s'effondrer sous mes pieds. Juste au moment où j'ai décidé que je n'accepterai plus de nouveaux revirements bizarres, cela me tombe dessus. Je suis anéanti. Dans un monde où l'on ne peut faire confiance à personne, je ne peux même pas compter sur ma mère.

Ma mère n'est pas ici pour me sauver, elle est ici pour se joindre à eux.

Je me tourne vers elle.

— C'est génial, c'est absolument fantastique ! C'est à ça que m'a mené ma vie entière. Qu'est-ce que tu m'as toujours dit lorsqu'on déménageait chaque année ? (J'imite sa douce voix maternelle.) Cela t'apprend l'indépendance, Ryan. Mais l'indépendance a des limites. Tu ne dois pas te laisser enfermer. Tu dois garder ton cœur ouvert. Tu dois faire confiance aux gens. (Puis je reprends ma voix normale.) J'ai essayé pendant un moment. Mais, juste quand je commençais à me faire un ami, tu ressortais le tapis magique de nouveau, et je me retrouvais à vivre à des milliers de kilomètres !

Ma mère se met à pleurer. Mais ça m'est égal.

— Mais regarde-moi. Je ne peux même pas faire confiance à ma propre mère ! Et tu sais quoi ? Je ne suis pas surpris. C'est pour te dire dans quel état je suis !

— Ryan, supplie-t-elle. Écoute-moi...

— Est-ce qu'il t'a raconté ce qu'il veut faire ? Il veut que je me fasse passer pour quelqu'un d'autre, que je vole des mots de passe, et que j'implante ce virus Millénium...

— Ce n'est pas un virus, coupe Cole sèchement. C'est un bip, un signal d'avertissement.

— C'est un virus ! C'est ça le gars qui, selon toi, fait des choses bien ?

— Calme-toi, Ryan, m'ordonne Cole sèchement.

Ma mère me parle doucement.

— Ryan, il m'a sauvé la vie. J'ai une dette envers lui.

Durant toute mon enfance, lorsque je m'énervais ou que je piquais une crise, ma mère me parlait ainsi, à voix basse, afin que j'arrête de crier pour l'entendre.

Mais je ne veux pas entendre. Je ne veux plus.

— Non, dis-je. Tu ne lui dois rien !

Mais elle continue à parler.

— Nous devons songer à la meilleure chose à faire. Et ce n'est pas toujours très clair. J'ai conclu un marché avec Cole. Si tu accomplis juste ce qu'il te demande, il nous fournira de nouveaux papiers. Nous pourrons disparaître de nouveau.

— Mais je ne veux pas disparaître de nouveau ! J'ai l'impression de ne plus exister du tout.

Les larmes coulent sur ses joues. Elle me saisit la main et la serre si fort que je sens mes os s'entrechoquer.

— Écoute-moi, capitaine, dit-elle. C'est la meilleure chose à faire.

Ce mot pénètre dans mon cerveau en ébullition. « Capitaine. »

« En avant, mon capitaine... »

Ma mère est en train d'essayer de me dire que nous devons partir !

Elle fait semblant de s'entendre avec Cole. Elle joue la comédie, ce n'est pas sérieux !

Nous échangeons un long regard. Je vois que j'ai deviné juste. Je lui fais un signe de tête.

Maintenant, il va falloir que j'acquière des talents d'acteur, et vite. J'abaisse les épaules, essayant de paraître résigné.

Je me tourne vers Cole.

— Je présume que je n'ai pas le choix, dis-je. Quand dois-je commencer ?

20//Feu d'artifice

Cole accueille mon accord avec le même sourire figé qu'il appréhende le reste du monde.

— Je vais t'arranger des cours de chiffrement avec Komodo, dit-il. Tu dois commencer ton travail demain.

— Demain ! Mais je ne pourrai jamais en apprendre assez d'ici demain ! Je vais être démasqué, c'est sûr.

— Du calme, Ryan, nous savons ce que nous faisons. Komodo peut t'enseigner suffisamment de choses pour que tu sois capable de donner le change dès ton premier jour de travail. Tu vas pouvoir passer au travers de tous les contrôles de sécurité. Alors tu pourras accéder aux mots de passe. J'ai tes papiers ici et un nouveau portable. Tu peux y stocker les mots de passe.

Il glisse vers moi le petit bijou de portable qui se trouve sur son bureau.

— Nous n'avons que le meilleur matériel ici.
Et des membres de la Caravane en ont augmenté
la puissance.

Il caresse le dessus du portable. Pour un
homme qui est censé avoir peur des nouvelles tech-
nologies, il s'emballe pas mal pour les ordinateurs.

— J'ai le même modèle. Je vais trouver
Komodo, annonce-t-il en se levant. Nous allons
commencer sur-le-champ. Et je pense que ta
mère et toi avez mérité quelques minutes d'intimité.

Il s'en va en refermant doucement la porte.
Aussitôt, ma mère place un doigt sur ses lèvres. Je
n'y avais pas pensé auparavant, mais c'est vrai
qu'il y a peut-être des micros ici.

— Est-ce que tu veux regarder ce portable?
dis-je en l'ouvrant. Il est vraiment très chouette.

Je tape et j'écris :

Alors, comment on se sort de là?

— Cole utilise toujours ce qu'il y a de mieux,
dit-elle à voix haute.

Elle écrit :

Pas la moindre idée.

Pas d'idées?

— Au début, je n'y ai pas cru, dis-je. Mais je
dois bien admettre qu'il y a un certain bon sens
dans les propos de Cole.

J'écris :

Je pensais que tu avais un plan!

Elle hausse les épaules et écrit:

Je voulais seulement te retrouver. Je pensais que j'imaginerais le reste une fois rendue ici.

J'écris: *Belle stratégie!* et je lui fais une grimace.

— Je ne dis pas que nous devrions nous joindre à la Caravane, dit-elle. Du moins, pas tout de suite. Mais je ne pense pas qu'il faille leur mettre des bâtons dans les roues. Nous pouvons apporter notre petite collaboration pour les aider, puis partir.

J'écris: *S'ils nous laissent partir.*

Nous nous regardons. Je peux lire la même inquiétude dans ses yeux. Mais elle se penche pour taper un nouveau message:

Ne t'en fais pas. Ensemble, nous y arriverons.

La porte s'ouvre, nous faisant tous deux sursauter. J'éteins immédiatement l'ordinateur. Mais c'est seulement NancE, la femme rousse frisée qui a l'habitude de faire bouger son nez comme un lapin.

— Cole t'attend dans le secteur A; non, le D, site 3. Il t'a ménagé une rencontre avec Komodo.

J'approuve de la tête.

— D'accord, mais...

Mais NancE referme la porte sur mes paroles. Elle est pressée comme toujours. Je voulais lui demander comment me rendre au site 3. Le secteur D est un vrai labyrinthe.

Je n'aurais qu'à le trouver par moi-même. Je prends l'ordinateur.

— Nous y voilà, dis-je à ma mère.

— Vingt-quatre sur sept, dit-elle.

— Vingt-quatre sur sept.

Je me dirige vers le secteur D, mais je me perds. Les lumières sont faibles dans les couloirs et il n'y a pas de lumière naturelle. Il est donc facile de se tromper. En particulier quand on ne sait pas très bien d'où on arrive. Je n'avais jamais été au site privé de Cole auparavant.

Je m'arrête pour essayer de m'orienter. J'ai l'impression que je ne suis pas loin du studio de Jérémie. Le studio se trouve dans le secteur C qui est totalement consacré à l'entreposage. Et D n'est pas loin de C. Mais est-ce que je dois aller à gauche ou à droite?

Je prends à gauche. Je passe devant un tas de vieux ordinateurs et de fils, puis je me retrouve dans une salle plus petite. La lumière est très faible et je dois tâter les portes pour lire les numéros. Mes doigts suivent le contour du chiffre «1». Porte suivante, je suis les courbes d'un «2». Puis d'un «3». Je tourne la poignée, et la porte s'ouvre.

Encore de l'équipement. C'est le mauvais secteur. C'est l'aile de l'entreposage.

Je ferme la porte. Peut-être que les secteurs se rejoignent à l'arrière du bâtiment. De toute manière, c'est l'une des premières fois que j'ai l'occasion de déambuler tout seul. D'une façon ou d'une autre, il y a toujours quelqu'un qui m'emboîte le pas. Pourquoi ne l'ai-je jamais remarqué avant?

Je touche les numéros sur les portes suivantes. Je trouve un «4» et un «5». Mais, sur la porte d'à côté, mes doigts ne rencontrent que le bois lisse. Il n'y a pas de chiffre.

Peut-être qu'il est tombé. Mais je suis curieux. J'essaie d'ouvrir. C'est fermé à clé. Je cherche sous la poignée: il n'y a pas de serrure, mais une fente. Maintenant, j'aperçois le minuscule voyant rouge qui indique que la porte est fermée.

Pas de chance. Je ne peux même pas essayer de forcer la serrure. Et soudain, je me souviens de la carte blanche en plastique que j'ai trouvée sous la camionnette. Elle est encore dans ma poche. Je l'attrape et l'introduis dans la fente. Le voyant passe au vert et j'entends un déclic.

Je pousse la porte. Il fait noir comme dans un four à l'intérieur. Même avec la légère lumière provenant du couloir, tout ce que je devine ce sont des ombres. Je tâtonne le long du mur. Mon cœur bat à tout rompre.

Je trouve l'interrupteur et j'allume la lumière, puis je referme rapidement la porte.

Je reprends enfin mon souffle. Ce n'est qu'un entrepôt de plus. Les murs sont pleins d'étagères métalliques. Des toiles recouvrent les marchandises, probablement des boîtes de conserve, de l'essence et des bidons d'eau. Il n'y a même pas de béton sur le sol, juste de la terre battue.

Je soulève l'une des bâches, juste pour vérifier.

Je pousse un cri, puis je mets ma main sur ma bouche. Je suis devant des armes.

Je soulève un autre pan de toile, puis un autre. Et encore un autre, et encore un autre, et encore, jusqu'à ce que j'aie passé en revue toutes les étagères de la pièce.

Il y a là suffisamment d'armes automatiques pour faire sauter tout le Nouveau-Mexique dans un joli feu d'artifice.

Voilà ce que Cole appelle une révolution pacifique.

Je songe à prendre un pistolet. Mais je ne suis pas Rambo. Où vais-je le cacher? Que vais-je en faire? Je secoue la tête. Pour sortir d'ici, je vais devoir utiliser ma meilleure arme: ma tête.

Je remarque un peu de terre sur le côté de ma chaussure, et je l'époussette. Je ne voudrais pas que Cole le remarque.

La terre est de la même couleur que celle que

j'ai observée à l'arrière du camion. Songeur, je furète dans la pièce. Je ne sais pas ce que je cherche au juste, mais je ne peux pas partir tout de suite.

Dans le coin gauche, je remarque de longues marques et des traînées dans la terre, comme si l'on avait déplacé les étagères récemment.

Déployant toutes mes forces, je décolle les étagères du mur. Au sol, il y a une trappe en bois. M'attendant à ce qu'elle soit verrouillée, je suis surpris qu'elle s'ouvre. Nerveusement, je la soulève. Et je tente de percer l'obscurité.

C'est une trappe minuscule. Il y a une bâche au fond et une assiette en métal. Pas de missiles ou de bombes. Déçu, je laisse retomber la trappe.

Je repousse les étagères contre le mur. Je m'oblige ensuite à attendre que ma respiration se régularise. J'essuie la sueur de mon front avec le pan de ma chemise. Puis je me glisse à l'extérieur et je referme la porte.

J'étudie le chiffrement jusqu'à ce que mes yeux louchent. Komodo et moi ne nous sommes même pas arrêtés pour manger. Sona nous a apporté des sandwichs et des sodas.

Mais, finalement, passé minuit, Cole passe la tête dans le cubicule et nous dit de faire une pause.

— Est-ce que vous êtes sérieux ? demande Komodo. Il n'a pas montré le moindre signe de fatigue depuis sept heures. Il s'est contenté de faire craquer ses articulations pour se détendre de temps en temps.

— On ne peut plus sérieux, dit Cole. Il faut qu'il soit frais et dispos demain matin. Il doit commencer à huit heures et il y a deux heures de trajet. Est-ce qu'il est prêt ?

— Il est prêt, dit Komodo. J'ai traité tous les points essentiels. Il devrait être capable de les berner.

Cole approuve et se tourne vers moi.

— Alors, tu te sens confiant ?

— Non.

Faisant mine de ne pas entendre ma réponse, il poursuit.

— Topcat va te conduire en bas de la montagne demain. Bud est rentré juste à temps pour le souper. Nous aurons un véhicule qui fonctionne. Si tout va bien, vous pourrez partir dès le lendemain.

« Pourquoi est-ce que j'ai du mal à te croire ? me dis-je. Serait-ce parce que tu n'as pas cessé de me mentir un seul instant depuis le début ? »

— Allie, ta mère, va rester ici demain. Elle veut explorer le centre. Et cela nous laissera un peu de temps pour discuter. Je prendrai soin d'elle. Ne te fais pas de souci.

Ce qui veut dire que ma mère sert de garantie. Si j'essaie quoi que ce soit, Cole l'aura sous la main.

— La confiance constitue l'élément le plus important du jeu, Ryan. C'est le secret de la réussite.

« Et une cache d'armes automatiques, ça ne fait pas de mal », me passe-t-il par la tête

Je ne réponds pas et Cole paraît peiné, comme si je le décevais. Mais après un moment, il se contente de nous souhaiter bonne nuit, et s'en va. Je referme mon portable, je remercie Komodo, et je me dirige vers mon box.

Je sais que je n'ai pas le choix. Demain, je serai obligé de suivre le plan de Cole. Et si je prévenais le FBI et que je faisais une nouvelle version de *Fort Alamo* ici même? Mais que se passera-t-il si tout le monde se met à tirer dans tous les sens? Qu'est-ce qui va arriver à ma mère?

Je m'arrête. Je suis seul dans le couloir. Soudain, je sens que je ne peux plus faire un seul pas en avant. Je ne peux pas continuer dans la direction que j'ai prise.

C'est maintenant ou jamais. Je dois penser à un plan. Je dois tenter ma chance.

Il est tard, mais le centre est encore en pleine activité. Je sais que Coleman n'est pas couché.

Je frappe à la porte de son box.

— Entrez.

Il est assis à son bureau et travaille sur son ordinateur personnel. Son portable est posé tout près de son coude.

— Il y a quelque chose dont nous n'avons pas parlé, dis-je. Qu'est-ce qui se passe si je suis démasqué?

Il soupire et enfonce quelques touches.

— Tu ne seras pas démasqué.

— Mais si ça arrive? Qu'est-ce que je dis? Avez-vous un plan pour me tirer de là? Ou votre génie de l'organisation se limite-t-il à précipiter les gens dans les ennuis?

Je me rapproche du bureau.

Il fait pivoter son fauteuil. Bien. Je me rapproche. Je commence à mieux connaître Cole à présent. Il dissimule très bien ses émotions. Il paraît rarement en colère, ou même irrité. Mais les choses le touchent.

— J'allais te parler de ça demain, mais puisque nous y sommes, dit-il d'une voix lasse, comme si j'étais un vilain petit garçon demandant de l'attention. Tu n'as qu'à tout nier. Continue de dire que tu es David Wallaby...

— Même s'ils ont ses empreintes digitales? Ou s'ils ont une photo. Je peux être démasqué en moins de deux, tout simplement.

— Tu sais à quel point il est dangereux de se

« programmer » pour les désastres ? me dit Cole
sur un ton de reproche. Tu dois te représenter en
train de réussir, sinon tu échoues. Même l'impos-
sible peut être atteint si...

— Épargnez-moi les leçons, gourou. Vous
savez très bien pourquoi je fais ça.

Cette fois, je l'ai vraiment touché. Je dépose
mon portable sur son bureau et je plonge les
mains dans mes poches.

— Vous tenez ma mère, alors je ferai le travail. Ce n'est pas comme si je devais braquer une
banque avec une mitrailleuse. Je dois seulement
découvrir quelques chiffres. Mais cela ne vous
autorise pas à me faire la morale. (J'essaie de frapper un coup à l'aveuglette.) Surtout quand mon
père est mort à cause de vous.

Je vois de la couleur sur les joues de Cole. Elles
sont devenues aussi roses que celles d'une
poupée. Sa bouche se ramollit. Je suis content de
le voir enfin perdre cet éternel sourire.

— Nous devrions continuer cette conversation demain, dit-il, catégorique.

J'attrape l'ordinateur portatif sur le bureau.

— Comme vous voudrez.

Et je sors. J'ai finalement réussi à déconcerter
Cole, ce qui n'est pas rien. Mais j'ai aussi réussi à
faire ce que je suis venu faire. J'ai son portable.

21//Dominer le monde

Je n'ai pas beaucoup de temps. Je le sais. À tout moment, il peut ouvrir le portable qui se trouve près de lui et découvrir que ce n'est pas le sien.

J'éteins la lumière et je me jette sur mon futon. J'ouvre le portable. La lueur de l'écran bleu éclaire suffisamment. Je clique sur le programme de gestion des fichiers et je les fais défiler. D'après ce que je vois, les fichiers se rapportent à la comptabilité et aux fournitures — le coût de la gestion du centre. Des choses purement pratiques.

Je clique sur quelques fichiers. Ils sont fondamentalement ennuyeux : combien de sacs de farine de maïs ont été commandés en janvier, combien de bidons de kérosène...

Je continue à faire défiler les fichiers. Je m'arrête sur un répertoire appelé *secteur C.*

Le secteur C où l'on garde les fournitures. Y compris les armes.

C'est probablement un simple inventaire. Mais je clique quand même dessus. Une boîte apparaît à l'écran. J'ai besoin du mot de passe!

De frustration, je donne un coup sur le matelas. Jusqu'à présent, tout ce que j'ai réussi à découvrir, c'est la superconsommation de farine de maïs du centre. Le contenu vraiment important doit se trouver derrière ce mot de passe.

Je ferme les yeux, essayant de réfléchir. J'ai besoin du mot de passe. Quelque chose que Cole dit tout le temps, ou un surnom?

Je tape *Jérémie*. Rien.

Sabrina. Toujours rien.

Millénium. Rien de rien.

J'essaie alors des combinaisons des noms ci-dessus. Toujours rien.

Je dois y arriver! Je dois trouver! Je commence à haïr férocement ce Cole. Je repense à la façon dont il regardait ma mère, comme s'ils étaient réellement amis. Lorsqu'il l'a appelée Princesse, j'ai vraiment cru que j'allais exploser.

Je m'immobilise tout à coup. Je me penche pour taper: *oldking*.

Ça y est, j'y suis!

Il y a seulement deux fichiers. Je sélectionne le premier, appelé *millplan*.

Je dois lire vite. Je ne peux pas traîner sur chaque mot. Mais ce n'est même pas la peine. J'ai l'essentiel en seulement dix secondes.

Voici le plus gros mensonge de tous.

Cole n'entend pas seulement effrayer le monde. Et il n'a aucune intention de rendre le contrôle. Je lis lentement et avec une horreur grandissante le plan détaillé des gâchis informatiques prévus par la Caravane.

Des interruptions de courant au Texas, au Nouveau-Mexique et en Arizona. La confusion des informations concernant les vols dans tous les grands aéroports. Le sabotage des plus gros fournisseurs de services en ligne. L'apparition soudaine d'un charabia à la place des chiffres utilisés dans les fichiers des plus grandes chaînes bancaires de la nation.

Ainsi, le 1er janvier 2000, lorsqu'il prendra le contrôle de la nation, tout le monde le croira. Et s'il ne le croit pas...

Une catastrophe aérienne, de préférence un gros appareil commercial comme un 777 près d'une grande ville.

Coupures d'électricité à Washington, New York, Los Angeles, Chicago et Miami.

Et tout le monde saura alors qu'il est tout ce qu'il y a de plus sérieux.

Je ferme le fichier et je reste assis pendant un

moment, tout tremblant. L'ordinateur vibre sur mes genoux. Comme une bombe.

Cette fois, j'ouvre le courrier électronique.

Il y a une dizaine d'entrées pour l'adresse d'un certain Dano50H. Je ne l'ai jamais rencontré, mais j'ai déjà entendu son nom plusieurs fois par ici. Il ne me reste pas beaucoup de temps, alors je sélectionne un message datant d'il y a deux semaines : une lettre de Dano50H à MestreFlorin.

MestreF,

Captif fait grève de la faim. Refuse nourriture jusqu'à libération. Procédure ?

Captif ? Il ne peut pas s'agir de moi. Un mois plus tôt, je finissais péniblement l'école. Sans ajouter que l'idée de moi faisant la grève de la faim est tirée par les cheveux. Je me suis empiffré de la cuisine de Sona depuis mon arrivée.

Je clique sur la réponse de Cole.

Sentinelle,

Donnons-lui un jour ou deux. Il va se dégonfler. Façon de parler.

Le message suivant est daté de deux jours plus tard.

MestreF,

Captif tient le coup. Il s'affaiblit. Fait de la fièvre.

Réponse de Cole :

Sentinelle,

Promets-lui la liberté s'il mange. Dis-lui que nous ne le libérerons pas s'il a l'air malade. Ce serait pire pour nous si nous étions pris.

La réponse date du jour suivant :

MestreF,

Il a bu du bouillon. Nous l'avons eu. Mais le temps file. Nous avons peut-être agi trop tôt. Nous aurions dû régler les détails du projet de recrutement d'abord.

Réponse de Cole :

Sentinelle,

PAS DE REGRETS À RETARDEMENT. Nous avons agi lorsque nous devions le faire. L'analyse des médias s'est révélée payante hier. Organisons réunion générale.

Je regarde la date. C'est le lendemain du jour où est paru l'article sur moi dans le journal.

Sentinelle,

Sujet contacté en ligne. Plan mis au point ?

Et la réponse le même jour :

MestreF,

C'est parti.

Je consulte la date. Le jour suivant, je rencontrais les McDoogle et je m'embarquais pour la traversée du pays avec Jérémie. Elle me conduisait à eux. Le message suivant date d'une semaine plus tard.

Sentinelle,

Captif refuse toujours coopération. Bonne nouvelle: toujours pas de mention de sa disparition à Washington. Il pense que ses parents réunissent la rançon.

Washington. Je réalise soudain l'identité du captif: David Wallaby! Ils ne l'ont pas envoyé en Thaïlande du tout. Ils l'ont emprisonné quelque part. Peut-être même à l'intérieur du centre!

Je sélectionne la lettre suivante.

MestreF,

Problèmes au Nouveau-Mexique, ce qui est peut-être bon pour nous. Champion arrivera tard ce soir.

La lettre d'après est datée du jour suivant mon arrivée au centre:

Sentinelle,

Risqué de garder le captif. Essayons d'envisager plusieurs scénarios: surdose, suicide, etc. Renvoie trois meilleurs scénarios. Problème doit disparaître.

Disparaître? Qu'est-ce que ça signifie? La Sentinelle et Cole ont-ils assassiné David Wallaby?

Sentinelle,

Champion besoin d'être rassuré. Je lui donne libre accès au centre. DÉPLACE CAPTIF CE SOIR.

Et la réponse:

MestreF,

Captif déplacé.

Je me souviens de la trappe. De la bâche. De

l'assiette en métal. Je me souviens des pelles à l'arrière de la camionnette.

Je frissonne. Dano a-t-il enterré David Wallaby?

Je consulte ma montre. Je dois terminer.

Cole devrait arriver d'une minute à l'autre. Je sélectionne le dernier message.

MestreF,

Et pour Princesse? Procédure?

Je déglutis. Mes doigts tremblent tellement que j'ai du mal à cliquer sur la réponse de Cole.

Sentinelle,

Comme pour Captif.

Je fouille dans la valise que l'on m'a donnée pour jouer les David Wallaby. J'en extirpe une disquette. Je la plonge dans l'ordinateur, dans l'unité A. Puis je commence le transfert.

L'ordinateur émet des grognements alors que l'information est copiée sur ma disquette.

Mais j'entends des bruits de pas. Quelqu'un approche dans le couloir.

Je regarde la disquette, priant pour qu'elle assimile autant de bits que possible. Les pas se rapprochent dans le couloir. Je pense reconnaître le bruit des bottes de randonnée de Cole. Lui seul peut marcher aussi légèrement dans ces grosses godasses.

J'arrache ma disquette et la dissimule sous

l'oreiller. J'éteins le portable, je le ferme preste-
ment et je le pose sur le sol près de la valise.

Je me précipite ensuite sous la couverture,
avec mes chaussures et tout. Je ferme les yeux.

La porte s'ouvre en grinçant.

— Ryan? demande Cole.

22//Confiance

La lumière s'allume. Je cligne des yeux en faisant semblant de me réveiller.

— Quoi? Il est l'heure de partir?

Cole avance dans la chambre. Il attrape le portable.

— On dirait que l'on a échangé par erreur, dit-il, replaçant le mien sur le sol.

— Échangé quoi? dis-je d'une voix faussement ensommeillée.

Ses yeux pâles scrutent mon visage. Je fais semblant de bâiller. J'ai l'impression d'être dans un mauvais film de science-fiction des années cinquante, où tout le monde porte des costumes de l'espace. Cole serait le méchant venu de la planète X, capable de lire dans les pensées.

« Il ne peut pas lire dans tes pensées, me dis-je. Calme-toi. »

J'attends qu'il sorte. Je n'ai pas baissé les yeux.

Je me suis entraîné à renvoyer à Cole sa propre expression vide brevetée.

— Alors, bonne nuit.

Je me recouche et ferme les yeux.

— Bonne nuit.

Après une éternité, il éteint et ferme la porte.

Je bondis dès que j'entends ses pas s'éloigner dans le couloir. J'ouvre mon portable et je l'allume. Puis j'insère ma disquette dans le lecteur.

Mais juste à ce moment, j'entends un bruit, et je relève la tête. Je vois le reflet de la poignée dans la chambre alors qu'elle tourne doucement. Il est trop tard pour éteindre l'ordinateur. La porte s'ouvre. C'est Jérémie.

— Je suis venue te dire au revoir.

Elle se faufile dans la chambre et referme la porte derrière elle. Elle se dirige vers le futon et s'assoit à côté de moi.

— J'ai attendu que mon père s'en aille. Qu'est-ce que tu fais? chuchote-t-elle.

— Je révise des trucs pour demain.

— Je sais que nous ne serons pas seuls demain, dit-elle. Je voulais... Enfin, je veux dire, nous n'aurons peut-être pas la chance de nous dire au revoir de nouveau.

Elle m'a menti. Est-elle en train de mentir encore? La tristesse dans ses yeux est-elle feinte?

Je suis le plus grand imbécile de la Terre si je m'imagine qu'elle tient à moi.

Je suis tellement blessé que tous mes sens semblent aiguisés comme ceux d'un loup. Je peux sentir le parfum de ses cheveux bougeant près de mon épaule. Je peux voir l'éclat de sa peau de miel. Je peux même voir, et sentir, la tristesse et la confusion qui me frappent en pleine poitrine.

Elle ne sait pas. Je rassemble toutes les choses que je connais d'elle, tout ce qu'elle est, et dont je suis sûr. Elle ignore que son père est fou. Qu'il veut dominer le monde.

La confiance. Quelle en est la définition? Je pourrais regarder dans un dictionnaire. Mais je n'en ai jamais compris le sens comme à cet instant. Car je n'avais jamais réalisé ce que ce mot signifiait réellement, véritablement: risque.

Jérémie s'est installée dans mon cœur et dans mon esprit, aussi belle, complexe et mystérieuse que le plus élégant des logiciels. Après tout, je n'ai peut-être pas été stupide de laisser faire les événements. Peut-être que c'est une bonne chose. Même si elle mentait, mes sentiments sont purs. Pour la première fois, je sais que j'ai un cœur. Est-ce que ce n'est pas bien?

Et peut-être que si je lui fais confiance maintenant, même si elle me laisse tomber, ce serait la chose à faire. Parce que je lui ouvrirais mon cœur. Je dirais : « Le voici. Il est à toi. »

Et elle ferait ce qu'elle ferait.

Peut-être que Rambo serait retourné dans la pièce d'entreposage et aurait pris cinquante armes automatiques et se serait frayé un chemin en tirant partout. Mais, soudain, je comprends ce que ma mère a toujours essayé de me dire.

Le vrai courage, c'est de risquer son cœur.

— Ryan, qu'y a-t-il ?

Je réalise que je suis en train de la fixer. Ses yeux scrutent mon visage, comme Cole vient de le faire. Mais il y a une différence. Ses yeux à elle ne sont pas froids. Ils brillent.

Je me penche et je l'embrasse. Ses lèvres se courbent sous les miennes, de surprise.

— Je dois te dire quelque chose. C'est au sujet de ton père.

//

Alors, je lui raconte tout. Elle ne me croit pas, bien sûr. Elle secoue la tête. Mais je continue à parler. Elle commence à baisser la tête et, bientôt, elle regarde ses souliers.

— Je ne te crois pas, murmure-t-elle lorsque j'ai terminé.

— Je vais te montrer.

J'appelle le fichier de la disquette et j'oriente l'écran vers elle.

Je vois la lumière changer sur son visage alors que le fichier apparaît. Ses yeux parcourent l'écran.

— C'est ça, ta preuve? demande-t-elle. Ryan, c'est du charabia.

Je saisis l'ordinateur et l'oriente vers moi. Elle a raison. Cole a codé le fichier pour qu'on ne puisse pas le transférer.

Je repense à ma leçon de chiffrement.

Cole a pu implanter quelque chose dans son propre fichier lui permettant de savoir que j'y ai accédé. Le fichier peut alors s'autodétruire.

En d'autres termes, toutes les preuves disparaîtraient.

Jérémie se lève.

— Je pense que tu essaies de m'amener dans ton camp, dit-elle. Écoute, Ryan. Si tu ne veux pas y aller demain, il ne t'arrivera rien de mal ni à toi ni à ta mère. Tu deviens paranoïaque.

— Et les armes? Qu'est-ce que tu dis des armes que j'ai trouvées? (J'ai oublié de lui raconter ce détail.) Elles sont dans le secteur d'entreposage. Dans la pièce sans numéro.

Elle paraît hésiter.

— Tu as trouvé des armes? dit-elle en rejetant ses cheveux en arrière. Et puis? Quelques fusils de chasse, au cas où nous manquerions de nourriture...

— Pas des carabines. Des armes automatiques. Des grosses, et beaucoup. Assez pour une armée.

Jérémie semble confuse.

— Tu es sûr?

Je ne prends pas la peine de répondre.

— Je te montrerai. Mais, Jérémie, nous n'avons pas beaucoup de temps. Nous devons sortir d'ici!

— Je ne partirai pas, lance-t-elle, le menton volontaire. Je ne te crois pas!

— Jérémie, dis-je, désespéré, c'est comme les fontaines à l'école, tu te souviens? Il y a quelque chose ici qui te pousse à continuer. Qui te fait croire que les choses sont bien alors qu'elles ne le sont pas. Tu dois réfléchir. Est-ce que tu penses sincèrement que c'est ce que Cole veut que tu fasses?

Pendant un moment, son visage est sans expression. Puis il se décompose. Je vois toute l'incrédulité s'en effacer.

— Est-ce que tout cela est vrai? dit-elle d'une voix de petite fille. Il va provoquer un écrasement d'avion, il a enlevé David Wallaby, et l'a peut-être... tué?

— Je te jure que c'est vrai. Jérémie, nous devons sortir d'ici.

— Je vais chercher les clés du camion, dit-elle.

— Je vais chercher ma mère.

— Peux-tu lui faire confiance? me demande ma mère alors que je la réveille en lui disant qu'il nous faut partir.

Elle parle tout près de mon oreille, car nous chuchotons.

— Tout cet endroit fonctionne sous le contrôle de l'esprit. Elle est peut-être encore sous son influence.

— Maman, je ne sais pas si je peux lui faire confiance, dis-je. Mais cela ne fait rien. Je vais prendre le risque.

La porte grince et Jérémie se glisse à l'intérieur.

— J'ai les clés, chuchote-t-elle. Suivez-moi.

Nous nous faufilons dans le dédale de couloirs, avançant rapidement mais en silence.

— Où vas-tu? La porte de derrière est de l'autre côté.

— Il y a une autre porte, me dit-elle à voix basse. Mon père me l'a montrée au cas où il se produirait quelque chose et où il nous faudrait nous enfuir rapidement. Lui et moi sommes les seuls à connaître son existence.

J'acquiesce et Jérémie se remet en marche. Elle

se dirige vers le secteur C. Nous passons rapidement devant les salles d'entreposage, devant la
salle contenant les armes. Au bout du couloir, elle
tire une carte de sa poche. C'est le même genre de
carte à bande magnétique que celle qui ouvre la
salle des armes.

Elle la glisse dans la fente et pousse la porte.
Elle nous fait avancer à l'intérieur, ma mère et
moi. Nous n'y voyons rien. Je sens que Jérémie
entre derrière moi et ferme la porte.

Les lumières s'allument. Cole se tient au
milieu de la pièce.

— On a une petite fringale de minuit?

23//Comment épelez-vous soulagement?

— Merci Jérémie, dit Cole. Nous devons faire attention de ne pas perdre nos amis.

Jérémie va se mettre à côté de lui. Alors j'ai pris le risque, et j'ai perdu.

— Je l'ai vue quitter ta chambre, me dit Cole. Elle m'a mise au courant de la trahison que vous projetez.

— La trahison? Comment pourrais-je vous trahir alors que je n'ai jamais été d'accord avec vous? Vous me forcez à faire ce que vous voulez que je fasse!

— C'est ton interprétation, dit Cole.

— Coleman, laisse-nous partir, implore ma mère. Tu te débrouilleras bien sans l'aide de Ryan. C'est rien qu'un jeune garçon.

— Un jeune garçon avec un grand cerveau,

dit Cole. Je ne voudrais pas le voir le gâcher. Ce serait dommage. Il pourrait tellement aider le monde, Allie.

— Comment ? dis-je. En en prenant le contrôle ? En sabotant des systèmes informatiques ? En provoquant des écrasements d'avions ?

Sous le choc, Cole tourne vivement la tête vers moi. Je réalise que Jérémie ne lui a pas dit que j'avais lu ses fichiers.

Ce qui signifie qu'au moins une partie d'elle-même est de notre côté.

— J'ai lu vos fichiers. Je les ai copiés sur une disquette.

— Ça m'étonnerait beaucoup. Avant tout, il te faut un mot de passe...

— Old king, dis-je doucement.

Cole semble touché à présent.

— Et ensuite, tu ne peux pas copier les fichiers...

— Je sais qu'ils sont codés. Mais vous avez oublié quel bon professeur j'ai eu. Le savoir est une chose dangereuse.

— Tu mens ! s'emporte soudainement Cole. Même Komodo ne peut pas percer mon code !

— Bien, si vous le dites...

Cole prend de grandes inspirations pour se calmer. Quant à Jérémie, elle se laisse retomber contre le mur, les yeux braqués sur son père.

— Je vais vous confier à Bud, tous les deux, dit-il en s'adressant à ma mère et à moi. Il va vous garder à l'œil et vous installer confortablement. J'ai déjà des projets pour déménager le centre. Les autres sont en train d'emballer l'équipement. Il est temps de partir. Tout est terminé.

Je ne sais plus que croire maintenant. Mais au travers de la porte, j'entends quelqu'un approcher en sifflotant. C'est la musique de *Hawaii Cinq-O*, cette vieille série télévisée. Ce qui signifie que ça doit être Bud.

Une petite minute. J'avais lu Dano50H, pour l'adresse électronique. Et si 50 ne se lisait pas cinquante, mais 5 et la lettre O: Cinq-O. Dans la série, le héros s'appelle Danny et son surnom est Dano.

Bud et la Sentinelle ne font qu'un.

Et maintenant, Cole veut nous remettre entre ses mains.

— Jérémie, il ment, je m'exclame, désespéré. Bud est celui qui a assassiné David Wallaby ou va le faire. Il connaît les véritables projets de ton père.

— Ne l'écoute pas, Jérémie! hurle Cole.

La porte s'ouvre et Bud fait son entrée. Il porte une chemise hawaïenne sur un jean noir. Il s'arrête et nous regarde. Je vois un vide étrange dans ses yeux. Je sais que pour lui nous ne sommes rien, qu'il disposera de nous comme d'un sac de *chips* en miettes.

— Qu'est-ce que vous voulez que je fasse d'eux? s'informe-t-il auprès de Cole.

— Je pense que vous devriez savoir quelque chose, dis-je à Cole. Je ne me suis pas contenté de copier vos fichiers, je les ai envoyés au FBI par courrier électronique.

Cole triomphe.

— Maintenant, je sais que tu mens. Personne ne peut envoyer de messages électroniques à l'extérieur du centre, sauf moi. Et je sais que tu n'as pas pu passer au-delà du chemin d'accès. Tu n'as pas eu assez de temps.

Je suis coincé. Je pourrais bluffer, mais il le saurait. Tout à coup, je me souviens que Jérémie, elle, sait passer outre le système de courrier électronique de Cole. J'hésite. S'il l'apprend, que fera-t-il à Jérémie?

— Fouille-le, ordonne Cole à Bud. Trouve la disquette.

Brusquement, Jérémie s'avance.

— Ce n'est pas la peine. C'est moi qui l'ai.

Mais elle ne l'a pas. J'ai mis la disquette dans la poche de ma veste en denim. Je dois me retenir pour ne pas tâter ma poche afin de m'assurer qu'elle y est toujours.

Cole semble indécis.

— Jérémie?

Elle va jusqu'à l'ordinateur et introduit la disquette.

— Et Ryan a menti, il n'a pas pu percer ton code. Laisse-moi te montrer.

Elle tape quelques touches. Cole se tient derrière elle.

— Qu'est-ce que tu fais? demande-t-il. C'est la passerelle de mon courrier électronique.

— Je sais, dit-elle. (Elle tape une adresse et se retourne, lui faisant face.) Tout ce que j'ai à faire, c'est d'appuyer sur la touche «Entrée».

Cole la regarde avec anxiété.

— Pourquoi?

— Pour envoyer les fichiers de ton courrier au FBI. Je suis sûre qu'ils ont d'excellents experts en déchiffrement.

Bud s'avance vers elle, mais Cole retient sa main.

— Non, Bud.

— C'est exact, Bud, dit Jérémie calmement. Parce que mon doigt est posé sur la touche «Entrée». Si tu fais un pas de plus, j'appuie. Tu as l'air nerveux, papa. Est-ce que ça voudrait dire que Ryan dit la vérité?

Cole déglutit.

— Nous devrions discuter...

— Nous aurions dû discuter avant, répond-elle.

— Je suis un visionnaire, Jérémie. Je vois où

va le monde ; il court à sa perte. Je peux l'en empêcher. Mais les gens n'écoutent pas. Leur esprit est endormi. Ils regardent la télévision et lisent des revues, et perdent leur temps à magasiner d'une page Web à l'autre, pensant qu'ils prennent part à une révolution alors qu'ils échangent du vent ! Lorsque les o-ordinateurs formeront une chaîne, chaînon après chaînon, cela nous u-unira aussi complètement que n'importe quelle ch-chaîne forgée par l'homme !

La voix de Cole est tonitruante à présent. Mais elle tremble et il continue à bégayer.

— J'en ai toujours su plus que quiconque, poursuit-il se tournant vers ma mère. N'est-ce pas, Allie ? Est-ce que je n'étais pas le plus intelligent ? Personne ne m'écoutait quand je disais que nous devions nous battre. Il nous fallait faire front, leur montrer que nous étions puissants. Si la fin justifiait les moyens pour eux, il fallait riposter, rendre les coups.

— La bombe, murmure ma mère. Tu as fait sauter ces bureaux ?

— Je ne pensais pas qu'il y aurait des gens là-bas ! crie-t-il. (Ses yeux s'emplissent de larmes.) Et la bombe dans la voiture ; je ne voulais pas qu'elle explose.

Ma mère retient son souffle. Il fait un pas vers elle.

— Je ne voulais pas! C'était la faute de Jack! Elle devait sauter une fois que nous aurions été au tr-tribunal. J'avais tout prévu. Cela ne devait blesser personne. Mais il a fallu qu'il prenne ce raccourci. Il fallait toujours qu'il... ne... n'en fasse qu'à sa tête! Et je t'ai sauvée, non? Je t'ai tirée de la carcasse en flammes et tu ne m'as jamais remercié! Pas une seule fois! vocifère-t-il.

Cole se retourne brusquement vers Jérémie.

— Tu vois, je vis avec la mort et la trahison chaque jour, car j'en suis capable. Je suis assez fort. Et je peux vivre avec d'autres morts et d'autres trahisons. Car je suis au-dessus de tout ça! Ma mission est de la plus haute importance. Je vais sauver le monde!

J'entends un bruit derrière moi. NancE se tient sur le pas de la porte. Près d'elle, il y a Komodo. Derrière, il y a Sona, et Topcat et Quark, et d'autres employés que j'ai déjà rencontrés. Ils regardent tous Cole comme si c'était la première fois qu'ils le voyaient.

— Je connais le chemin, leur dit-il avec des larmes ruisselant sur ses joues. Vous le savez. Nous sommes une société, nous sommes le passé et le futur. Nous devons avancer. Avancez avec moi, supplie-t-il.

— Papa, je suis désolée, murmure Jérémie.

Et je la vois appuyer sur la touche «Entrée».

Et Cole la voit aussi. Avec un rugissement, il bondit sur elle. Je me précipite un dixième de seconde plus tard.

Mais Cole ne s'en prend pas à sa fille. Il saisit une chaise et en fracasse le moniteur. Jérémie bondit en arrière, me bousculant.

Cole prend un autre moniteur et le jette par terre.

— Je ne suis pas la source du mal, hurle-t-il.

Il s'empare d'un autre ordinateur, dont les fils se mettent à pendouiller, et le jette à travers la pièce.

— Voilà la source !

Je sens que Jérémie me glisse des clés dans la main.

— Vas-y, maintenant, me souffle-t-elle rapidement. Le camion est dans l'allée. Emmène ta mère et va-t'en.

— Viens avec nous, lui dis-je en essayant de couvrir le son des hurlements de Cole.

Du verre vole en éclats lorsqu'il lance un ordinateur sur le sol.

Les yeux de Jérémie s'emplissent de larmes.

— Je ne peux pas, murmure-t-elle.

— Mais il va te faire du mal...

Elle secoue la tête violemment.

— Non.

Son regard bleu est sans fond, plein de mystère

et de chagrin. Des larmes inondent son visage.

— Je l'ai déjà vu comme ça.

Elle referme ma main sur les clés.

— Emmène ta mère et partez. Il pourrait vous faire du mal.

Les clés s'enfoncent dans ma chair. Pourtant, elle garde sa main sur la mienne, et serre.

— Je ne t'oublierai jamais, chuchote-t-elle.

J'entends à peine sa voix au milieu des cris de Cole qui détruit des ordinateurs.

Je fais signe à ma mère et nous quittons la pièce. Tout le monde est pétrifié devant le spectacle de Cole en train de détruire ce qu'il a bâti.

Personne ne nous arrête alors que nous courons dans les couloirs tortueux. La porte de devant n'est pas fermée à clé et nous nous glissons à l'extérieur.

La nuit est profonde et paisible. Une fraîche odeur de pin chatouille nos narines alors que nous avançons vers la camionnette.

Je fais demi-tour et je descends la montagne. Je conduis prudemment sur cette route inconnue et pleine d'ornières. Finalement, nous tombons sur une route goudronnée, et je bifurque vers la vallée. Nous apercevons les lumières de Santa Fe qui se déploient et nous guident.

Nous sommes à mi-chemin de Santa Fe lorsque nous entendons les premières sirènes.

//Épilogue

Cole a essayé de mettre le feu au centre. La fumée toxique des câbles s'est répandue au-dessus des pins. Mais les camions de pompiers sont arrivés rapidement sur les lieux, et seule une portion du site a brûlé.

On a retrouvé David Wallaby plus mort que vif, dans une cache souterraine loin dans la forêt. On l'a conduit à l'hôpital et il a survécu.

Coleman Felice a été accusé d'enlèvement et de tentative de meurtre, en plus de ses autres crimes. Sa fille, Jérémie Felice, a été accusée de piratage informatique, de même que tous les autres membres de la Caravane, à l'exception de Sona, qui a bénéficié d'un sursis. Cole n'avait pas menti en disant qu'elle n'était qu'une bonne cuisinière.

Quant à McDoogle, il a été accusé de tentative de meurtre. On a découvert que Tina et lui avaient déjà un dossier criminel assez chargé. Leurs enfants ont été confiés à une famille d'accueil. J'espère qu'ils trouveront un foyer heureux.

En ce qui me concerne, j'ai eu des embêtements avec le FBI pendant un moment. Jérémie n'avait réussi à envoyer que les messages électroniques à ses bureaux. Elle n'avait pas transmis le fichier contenant les plans de Cole. Naturellement, le FBI souhaitait mettre la main dessus afin d'avoir des preuves.

J'ai dit aux agents que j'avais du mal à le localiser. Que je n'arrivais pas à me rappeler ce que j'en avais fait. Ma confusion devait être causée par ma longue incarcération au centre. Et peut-être aussi parce que j'étais très inquiet au sujet de ma mère. Même si nous leur avons révélé que Coleman avait posé des bombes, dix-huit ans plus tôt, il y avait toujours des charges qui pesaient contre elle.

Je n'étais pas la personne la plus populaire auprès des agents du FBI. Mais j'ai fini par leur donner la fameuse disquette et ils ont abandonné les accusations contre ma mère. Surtout après m'avoir vu raconter à la journaliste Barbara Walters mes mésaventures ainsi que le courage de ma mère, venue me chercher au centre, sachant bien que Cole était fou.

On dit que Barbara Walters pourrait tirer des

larmes à n'importe qui.

J'ai écrit à Jérémie en prison. Je n'ai pas dit grand-chose. Je l'ai simplement remerciée de nous avoir sauvés.

Elle m'a répondu :

Cher Ryan,

Merci pour ta lettre. Elle m'a beaucoup touchée. Tout comme ton amitié.

Je te souhaite plein de bonnes choses dans la vie. Mais s'il te plaît, ne m'écris plus. C'est trop douloureux.

Je t'embrasse.

Jérémie.

Ma mère a décidé qu'elle avait besoin d'un nouveau nom pour symboliser son nouveau départ dans la vie. Elle est donc maintenant Grace Allison Sloane. Et je suis devenu Ryan Jackson Sloane. Sa chevelure a retrouvé sa couleur naturelle, qui est identique à la mienne. Sauf qu'elle est parsemée de cheveux blancs. Alors, du coup, ma mère les a teints de nouveau !

Nous emballons nos affaires dans notre maison de Caroline du Nord. Ma mère a décidé d'aller s'installer à San Francisco pour être plus proche de moi.

— Nous allons avoir une vie normale pour une fois. Enfin, aussi normale que possible étant donné que c'est la Californie.

Il n'y aura plus de mensonges à l'avenir. Plus de fuite.

Nous savons au moins ça, si nous ne savons pas grand-chose d'autre.

Mais ce que j'ai appris avec certitude, c'est qu'il est beaucoup plus facile d'envisager l'avenir quand on a affronté son passé.

Dans la même collection

@1//Gemini7/

@2//Pluie de feu/

@3//La peur aux trousses/

@4//Le kidnappeur/

Johnny et Jenny. Jenny et Johnny. Ils ne font qu'un et c'est ce qui dérange Johnny ces jours-ci. Il décide donc de se montrer plus distant, et de se trouver une nouvelle petite amie : Nicole. Même si elle n'est qu'une amie sur Internet, son rêve est réalisé. Nicole existe en chair et en os et Johnny découvre que son rêve tourne au cauchemar.

Randy Kincaid, un surfeur de quinze ans plutôt écervelé, se voit offrir un ordinateur. Pour tuer le temps, il s'amuse à s'introduire dans une salle de conversation douteuse sur le Net. Mais il découvre bientôt que les gens avec qui il discute forment un groupe de terroristes racistes qui s'amusent à faire sauter des centres communautaires pour immigrants.

Avec l'aide de Maya Bessamer, une jeune surdouée de l'ordinateur, il réussit à déjouer un complot d'ordre national. Leur chasse à l'homme les entraînera dans de terrifiantes mésaventures qui leur coûteront presque la vie.

Kincaid et Bessamer affronteront tous les dangers et ne pourront compter que sur leur courage et sur leur matière grise pour esquiver les pièges qui leur sont tendus. Ils connaîtront la peur, mais aussi peut-être l'amour...

Mina et Camille partagent tout. Alors, pourquoi Camille partirait-elle sans en parler à Mina ? Selon la police, Camille a agi sur un coup de tête, comme la plupart des jeunes écervelés de son âge ; mais Mina n'est pas d'accord. Camille ne fait pas les choses comme tout le monde et n'agit surtout pas en tête de linotte. Puis Mina découvre que Camille communiquait avec un inconnu par courrier électronique. Serait-ce la clé de sa disparition ?

Mina décide donc de mener sa propre enquête. Ce qu'elle découvre la met face à un assassin au comportement obsessionnel. Et Camille est sur le point de devenir sa prochaine proie...

Achevé d'imprimer en janvier 1999 sur les presses de
Payette & Simms inc. à Saint-Lambert (Québec)